来处何处

吾空 著

WHERE
TO GO

作家出版社

目　录

第一章

很享受一个人在家，其实也就父母下午去上班后的三四个钟头。那时候娱乐活动少，人又小，几个钟头是漫长的。一个人慢吞吞做作业，翻翻小说和杂志，在客厅里发发呆，也足够了。令人享受的独处渐渐滋长出孤单感，需要家人了，家人们也该回来了。

现在不行了，几个钟头不是时间，母亲才说她去"上班了"，转身就听到钥匙开门接着她的声音传来："我回来了。"——我还什么都没有开始做呢，打开的乱七八糟的网页都没有看完。

"今天输了还是赢了？"我问她。

"输赢都是那么多，每年就是六百块放在专用的钱包里拿进拿出，赢的时候多不到哪里去，输的时候也少不了多少。"母亲回答。母亲已经退休十几年了，她所谓的"上班"就是去老干部活动中心打麻将。

以后，这种属于没话找话的礼貌性问题，我就不问了。

"我下班回来了。"母亲说。

"哦，你下班了。"我探出头去回答着，就结束了我们的招呼。她做饭，我继续着我的无聊。

父亲在家呢，我就不用接话了。她先往紧靠着玄关的父亲的房间里看看，说道，我下班了。下班了？爸爸接话。嗯，她答应着，又问，丽丽在啊？在，父亲回答。但她依然走过来旋开我房门的球柄推开一条门缝瞧我。我抬头对她做一个鬼脸，她斜挂着眼梢对我怪笑。她探头探脑俏皮的样子，和她年轻时候一样，这让我喜悦心安。一切都好，家宅安宁。她神气悠闲，开始做晚饭。

几个美好的下午过去之后，我天生带来的格格不入感开始作妖作怪作祟了。或者是，父母对我不出家门的焦虑感开始发作，他们要"逐"客以眼不见心不烦。一切都是互动的，在互动中积累，焦虑感越来越快地驱逐安宁感。我们都明白对方在想什么，他们觉得我应该独立，我想守着他们受惠于他们的照顾。和他们在一起，只是多添一副碗筷而已。

"我死了你怎么办？"母亲说。

啊，我从来没有想过这个问题，你死了？你会死吗？我仔细思索着她的话，这的确是一个可以假设的问题。我盯着脚尖想了半天，嗫嚅着回答她："你给我养老送终以后，再优雅地死去好了，这样你就放心了。反正你是国家的人。"我回答。

"啊……这是你敢讲出来的话？"母亲大吃一惊。不过她有幽默感，随即就笑了，"是啊，你这个啃老族。我在一天可以管你一天，那我好好地活着。"

母亲总是这样，将各种层出不穷的新名词不紧不慢、安安稳稳地扣在我的头上。年轻时候刚参加工作，她说我是月光族，后来有了网络，她说我有网瘾，现在，我是啃老族。这个倒是名副其实。啃老族也要面临生老病死的，怎么办？只好啃老啃到死去，这样父母就放心了。这种不知羞耻变本加厉的人应该叫作什么族呢？废柴族？

我还在十分懵懂的童年时候，已经对母亲的各种观念不太赞同了，甚至嗤之以鼻，但其实我一直想成为母亲期望的那种人——在结果上。目标是一致的，仅只观念不同。观念不同，带来的做事方法也不同，她看不惯我。她天然地对我有指导权，我也应该天然地将她视为我的信仰，听从她。但是我们都给对方带来了挫败感。不过在此失败之外，我还是十分享受她带来的家庭温暖。她应该也愿意看到我懒洋洋地飘浮在她营造的温馨家庭里。

只有那么几天而已。

女大不中留，是父母不想留，不是女儿怀春想出走了。对象也找过，找不好，工作也找过，找不好。开始，有些话父母不好说。后来，不好说的话不仅说了，还说得难听了，总结起来就一句："我们那时候有一份养得起自己的工作就可以了……对象么，有个人给你口饭吃就可以了。"

"那农民工可以吗？"

"农民工怎么不行？你也要找得到咯。"

好吧，我回答。凡事只要不动口还嘴，日子就会太平的。

"妈妈，有一个设计师，名牌大学毕业的，带着一个五岁的女儿……"我话还没有说完，她就尖叫起来："不行，你当不好后妈的。"

"妈妈，有一个做工程的，高中都没有读完就进入社会打工了，赚钱还可以，有口饭给我吃的……"

"你不用那么着急的，没有读过书的不行，迁就不了你。"妈妈又掐断了我的话头。

我才三十五岁，是不用着急。

童年住的单元房质量不好，潮湿的空气总是让楼道外墙起碱发泡。先只是一个霉斑，然后鼓出一块墙皮，墙皮掉了，沙跟着掉了，烂出来一个洞，透出砖红色。

这块砖是我看着砌上去的。

本来这里是一块番薯地，忘记是春天、秋天还是夏天了，贵阳四季不分明，夏天一场雨也会冷得要加外套——就在番薯长得叶子都高高立起来，又往人行道上匍匐而去的时候，突然就被拔了。我还没明白番薯为什么会被清理，土地已经被挖开了，挖得沟渠纵横。

沟渠越挖越深，像是战争片里的战壕。果然，小男孩们开始在其间穿梭着玩战争游戏了。沟渠边还挖了一个深坑，用水泥敷了四壁，又在边上安装了比我手臂粗、和我差不多高的巨大水龙头。水哗啦啦开了一个下午，深坑才被注满，再倒入生石灰，一个石灰池建成了。

雪白的石灰发泡沉淀后，水池清澈了。这水池对喜欢玩水的孩子，是极大的诱惑，也是极大的危险。我们坐在水池边垂着两条小腿哗啦水的时候，总会被大人们呵斥：小心掉下去淹死！

可没想到这水池还有其他用途。

那天，我是被小聪聪的鬼哭狼嚎声从家里吓出来的。他的哭号声和他父亲的愤怒声交织，我什么都听不清。小聪聪要被他父亲溺死了。他父亲高高地站在水池边，一放绳索，他整个人就掉进水池里了。他没法挣扎，他的手脚被捆缚住了。过了一会儿，他再被提出来，呛得大咳，甩着脑袋喘息着哀号着求饶。

"我就是去坐牢我也不要你了，你死了算了，给我省麻烦。"他父亲愤怒得脸都扭曲了。

"爸爸，我再也不敢了，爸爸，爸爸爸爸……我不要死，我不想死……"

小聪聪是那种"憨废"的小男孩。憨废是贵阳话，憨是傻的意思；废，是顽皮捣蛋的意思。他总有不可思议的好奇心和破坏力，惹出来各种各样的麻烦，他每天都会挨打，我们已经习惯了。但是今天刘叔叔下手如此狠辣，实在违背我的接受能力。

他爸爸几次三番将他扔入水中，有一次时间长得足以溺死小聪聪了。我祈望大人们快点来，赶紧来，赶紧救救小聪聪。这个浑身发颤手脚被捆绑着像是一只小老鼠的小聪聪。

我和小聪聪都是属鼠的。我们都是小学三年级的小学生。

每回刘叔叔看到我，就说："唉，丽丽长得又乖学习又好，干干净净的，都是属老鼠的，就比小聪聪大半年，差别怎么这么大。"

小聪聪瑟瑟缩缩的獐头鼠脑感，是被他父亲打出来的吧，我觉得。不过小聪聪手脚很麻利，憨废起来不仅毫不瑟缩，还特别出人意料，随即就被他爸爸一脚踢飞，或者顺手抄起一根棍子横扫过去。现在是准备溺毙他。

那个石灰池让我心生阴影，好几天路过，就会想起小聪聪被捆缚成小老鼠的样子。

地基建好以后，开始砌砖，砖一层层码上去，脚手架搭了起来。小聪聪被打皮了，我还在他差点被溺死的心理阴影中，他已经开心地在脚手架上攀爬了。他掉下来过，不过没有几天，他又欢快地在门窗还没有安装的房间里钻进钻出了。他惹人嫌，没朋友，老是被他父亲毒打，也是一个笑话。

“小聪聪现在怎么样了啊？”我问妈妈。

“他爸妈离婚了，后来的这个爸爸给他找关系参军，退伍了找了一个工作，结婚生了一个男孩。”妈妈回答。

“哦，打不打都长大了，正常了。”我说。

“怎么会不正常？”

“我以为他会被他爸爸打成一个废人呢。”

“那还是你废一点。”母亲回答，“他是明着的，你是暗着的。”

第二章

"如果哥哥在，这个时候我都有饭吃了。"妈妈突然悲恸爆发，眼泪如注如瀑倾泻而下。我喘不过气，也痛哭起来。

我已经十一岁了，在规划远大理想上已经有了自己的看法，对于日常生活却没有什么反思能力。他们怎么说、怎么问，我就怎么思考、怎么回答，顺着他们的思路，跟从他们的逻辑。在日常生活上，孩子天生信父母，父母是孩子天生的信仰。可是我即使如此被他们的日常语言和爆发的情绪规训着，也毫无效果。这个意识始终灌输不进我的脑子里。我一直没有学会像哥哥那样及时到厨房忙碌，在他们下班回来的时候可以吃上一口热饭。

直到四十岁的某一天，我才突然醒悟过来："如果哥哥在，我也有饭吃了呀。"

我怎么到了这个年纪才开窍？不过我依然惊讶于自己的聪明。这么多年来，我一直在思考自己的问题，现在终于从愧疚感中解缚出来了，也终于在无耻的路上越走越远了。不如此思考，我的内心就没法敞亮起来。我终于打开了一扇窗，大口大口呼吸着新鲜空气。我好受多了。

哥哥在这个家中对我们的意义是一样的，并不因为他们是父母而更加优越。父母对自己的权力真是太高估了，什么都是他们优先。

哥哥和妹妹是绝对地信仰父母的，而践行得最好的是哥哥。凡是给他一个虚的道理，他就能做到举一反三、触类旁通，让父母事事满意。他给他们分担了绝大部分的家务事，包括照顾我和妹妹。我对他的依赖，是全方位的，包括分享他同学的友情。我是他的妹妹，也就是他同学的妹妹，莫名其妙地理所当然。

我们这种单位是没有秘密的。大人们都是同事，小孩们都是同学，子弟学校的老师是本单位职工的家属。我才在学校和小聪聪打了一架，回家的路上就有家长问我是不是把小聪聪的脸打出血了。我的劣迹传播之快，令我惊诧；尤其如此被当众询问，不啻是对我的一记棒喝。我的脑袋嗡嗡作响。大人们只看重结果：我把小聪聪打出血了。这用词让我听起来自己是一个十分残暴的女生，而我内心对自己的定义是学习人品俱佳的双优生。不过大人们是把这件事情当作好笑的奇闻怪事来散布的。

不论从哪个角度用哪种口气议论我，都加剧了我的怨怼，我怒火中烧。更加不幸的是，小聪聪和我又狭路相逢了，我们四目相接，他眼中的恨意让我不假思索使尽了力气朝他一推，他滚落在地。他身坏还小。我一步跨上去坐在他胸前，对着他的脸疯狂扇起来。他闪躲不及，干脆扭头咬住了我的小腿。他下了死力气，我疼得嗷嗷大哭，终于松了手，从他嘴里拔出腿逃回家了。我的腿血流不止。他这两个才由乳牙换下的大牙咬出的牙印终生留在了我的小腿上。

"这个姑娘野得很。"我的臭名终于坐实了。这种口气让人无法承受，不过我还要再经历三次和小男孩的对打，才能收回我的野性，让我成为一个让小聪聪的父亲见面就夸的小姑娘。而小聪聪依然调皮捣蛋、不受教化，甚至变本加厉，直到我看到他的父亲企图淹死他。

"你看你哭得哦……"哥哥嘲笑我。刘叔叔的凶恶和小聪聪的可怜把我吓坏了，我泪流满面无法发声。"他不是打过你吗？还咬你，你怎么哭成了那个样子？"哥哥为了安慰我，一连串地发问。

这个问题我在幼小的年纪无法回答。这是一种缠绕，事业单位办公区和生活区紧密结合在一起带来的情绪的缠绕。我们的父母工作生活在一起，我们小孩子读书学习生活在一起。我们还是邻居，我们那时候不会大门紧闭，我们的家向外界敞开着，走过路过开门关门之间，不经意就看到了对方的私生活。我们简直可谓二十四小时在一起。我们隔着一堵墙，不过这堵墙对小孩子的意义和成年人的不同。他惹你厌恶，但他始终在你的视线和听觉范围内。你正吃着饭，就看到他父亲揪着他的耳朵从窗外路过，或者传来可怖的号啕声、可笑的歌声，引得你同情，或者发笑，以及其他任何情绪。这个让人厌恶的人，就在隔壁。我可能会因为某件事情对他恨得不共戴天，可是又突然因为另一件事对他同情得泪流满面。

打架是我小学三年级之前的主题之一。我为什么会动手呢？至今，整个动手的心理变化我记得清清楚楚。我动手，是因为我笨嘴拙舌讲不出话来。那种憋屈感无比难受，只能直接动手。动了手，害怕对方还击，就拼尽全力，拳头又快又狠地砸在对方脸上，或者抓住对方的脸不放，直到指甲陷进肉里，血流了出来。这种虚弱感让我强悍极了。我的同桌被我打过，我又打了哥哥班主任的儿子。我所向披靡，他们屈辱的眼神我至今记得。

我们被叫到办公室，老师要我们讲讲过程。我是女孩，老师要我先讲。我讲不出来，只会流泪。我一进办公室，积雨云就已经飘在了我的头顶。老师一问，它们就大滴大滴涌了出来。现在感受起来，觉得这是一种见了棺材的悔过感。老师很有耐心，毕竟她丈夫和我父母是同事，还和我家是远邻。老师轻言细语呵护了我一番，我还是说不出话来，还是流泪。老师只好让男孩子先说。男孩子说的不是事实，我就哭得更加厉害了。

"是不是这样的？"老师问。

我无法开口，越觉得冤屈就越开不了口，嘴巴因为难过闭得更紧了。

"你打赢了你还哭？"老师说道，终于不耐烦了，"又凶又恶又泼。"

"泼"这个字真难听，这个评价让我内心的冤屈感雪上加霜。

等我放学回到家的时候，父母已经知道我在校打架的事情了。

"打赢了怎么还哭？"妈妈也是这样问我。

"不是那样的。"我终于可以说出一句话来。

"打赢了还有理哦？"妈妈还是问。

"不是的。"我内心十分复杂，无法描述。我大概从那个时候开始只能用"不是的"回答问题了。

"打赢了就行了，为什么还哭？"

"不是打赢了，不是那样的……"我正说着，就听见父母房间的窗玻璃破了。是哥哥班主任的儿子砸的，他家住在我家隔壁的隔壁的隔壁的隔壁，妈妈看到他飞快跑回家的身影。他妈妈来了，赔了玻璃。

我成了众矢之的。

那是突然开窍打架的一年，我简直打遍了整个三年级。这丝毫没有带来骄傲感。迎面走来一群大人，有老师有家长，一个家长夸我长得漂亮学习又好，另一个老师就揭发我是爱打架的野姑娘。我低下头，谁都不招呼，匆匆逃了。若是以前，我会挨个问好，一口气叫出一堆阿姨和老师的名字，他们会因为我的乖巧而连连称赞。

我打得声名狼藉，我要挽救我的名声。这个环境在规训我，我内心的屈辱感在规训我，哥哥也在规训我。他提醒我不够漂亮不够娴雅，有些玩笑是男孩子之间开的，女孩子不要掺和。掺和了，必然是在挑衅男孩、招惹是非，最后动手打架。他给我划定的男女界限更加严格。经历过一个十分挑剔的哥哥的挑剔，我接受批评的气度得到了锻炼。每回有人批评我的外貌和举止，我觉得都不如哥哥狠和准。

我突然开窍打架是为了凿开另一个窍，让我悟到自己是一个女孩。性别的规训对我产生作用了。

小聪聪作为一个男孩，似乎一直秉持着男孩就该打赢的念头。这野蛮凶猛的儿童世界，还执行着强者为王的丛林规则。男孩们打着打着，大人们参与进来了，一阵乌烟瘴气地各说各理之后，大家累了，暂停下来。不知过上多久，又狭路相逢，又捡起话头，又吵一遍打一遍。大人们教着孩子该和谁玩，不要和谁玩，没用。碰到好玩的了，只想着玩去了，又聚在一起野。如此沉淀上几年，天性和家教很好的孩子朝着自己命运的方向越走越快，而小聪聪这样的男孩，越来越成为众人嫌弃的对象。

2007年，我在街头偶遇他，他完全脱胎换骨，是一个成熟稳重的中年人了。

那天我到有关部门上访出来，站在街头等着红灯绿灯，心里十分迷茫。每当这种时候，我就会去买点什么来调剂自己。购物永远让人愉快。妹妹被关在看守所已经四个月了，我找到了检察院办案的检察官，他告诉我证据不足，退回公安局重新侦查了。

妹妹这个娇生惯养又追逐声色犬马的人，如何在看守所简陋阴寒拥挤逼仄的环境里度过一个个黑夜，我没法想象。除了给她账上打钱让她吃得好一点，其他无能为力了。她要我送去了被子和床单，隔了一个月又换了一套。她肾病刚开完刀就被拘留了，后来病情反复，转了公安医院，不到一周又被送回看守所，"是让她去坐牢的，又不是让她在医院享福的。"——这种话真说得出来，我心疼万分。给她取保候审回家的唯一条件是缴纳五十四万的保证金。

我提着一双鞋从星力百货出来。手上多了件东西让我有点不便，不过因为购物心里舒畅了些。我在街头招了一辆出租车，告诉司机："去北溪看守所。"

一坐进车里，我就睡着了。司机叫醒我的时候，他已经在看守所门前掉好了头，这么掉头起码要多花我三块钱车费吧。而且他居然开上来了，看守所在大将山的半山腰，狭窄的路又陡又烂，全是石头子，一般司机不愿意上来。我心里还在嘀咕，他开口道："你真的累，居然睡得这么死。"

"是啊。"我回答，还未彻底清醒。这种来自陌生人的体贴特别感人，我不禁忘记了车费，眼泪冲决而出。

"你去吧，我等你。"他说道。

"啊……"我很惊讶,这么偶然抛过来一句感动的话掉头而去刚刚好,再多,就让人心生防备了。

"我不会拐卖你的,我是小聪聪,你认不出我来了。"小聪聪笑道。

我盯着他看了半天,他也回头把脸对着我以便我仔细辨认。小聪聪这个名字,印象太深,何况我还是那种对儿时记忆牢固的人。他完全变了,大方又持重,脸上有皱纹,皱纹中些许风霜。

"你还是那个样子。"他说道,"我显老,你认不出来了。"

"不会吧……"我随口说道,掩饰尴尬。我高考以后就离开贵阳了。其实,我初中以后就离开家了,基本上没有见过他。他身上有他父亲的影子,我对他父亲印象深刻。

"芬芬的事情我都知道,好几次我从农科院出来都看到你,不好意思和你打招呼。没什么资格和你打招呼。"他笑道。

"怎么会呢……什么资格不资格……"我还在惊讶中,"你变化很大。"

"是的,我以前太憨废了,现在又老得不能看了。"他说道,"你赶紧去看芬芬。"我刚要解释我并不是那个意思,他随即掏出二百块给我:"帮我给芬芬上个账,我帮不了什么忙。"

我没有客气,接过钱下车走进了看守所。

我在接待室登记,将每一张钞票上的号码记在会客单的背面。这天要给她上一千二百块的账,要写十二个很长的数字。

一切就绪,我站在老式木窗格前等着妹妹被狱警提出来。

妹妹从牢房里探身而出,小心翼翼地关上门,慢悠悠的,举止上很刻意,在平息心里的波涛,在酝酿沉着。我想象她被通知有人来探视而感到惊喜,然后猜测谁会来探视她。其实除了我,还会有谁呢？

　　阳光晃眼，她在门口站定，眯缝了一下眼睛，随即往我这边的窗口望了望，隔着五十米远的院子，已经认出贴在玻璃框上的那张脸是我。她微笑摆手。她眼睛真好。她没有近视眼，牙齿也十分整齐洁白。

　　这是我儿时混乱的美丑观给我留下的缺陷之一。我莫名羡慕对面平房李疯子家小女儿小李妹的一口氟斑牙，不仅犬牙交错，还天包地。这审美观不知来自我哪一世的串习并延续到了今生。很多世以前，我应该属于需要强劲的牙力撕扯食物的原始族类，比如《魔戒》中的咕噜，所以意识中才会保留对这种牙齿的好感。我矮矮小小地站在小李妹的面前，仰望着她，并不嘴馋她在吃什么，而是好奇她的牙齿如何咀嚼食物。

　　我来得及拥有这样的牙齿。我换牙的时候，每天故意又舔又顶门牙，两颗门牙被我顺利顶成了垂直的九十度角；又因为我年年冬天支气管炎发作而服用四环素，一口紊乱的黑黄牙顺利地在我嘴里长成了。

　　我终于在初中一年级的时候后悔了，正好治疗近视眼和矫牙的新事物出现了，我要求妈妈带我去矫牙。妈妈斥责道："谁让你换牙的时候乱舔。"她那天心情不好，根本不适合提任何要求。而我是一个小心眼儿的人，被拒绝一次，就再也不会提第二次了。

　　妹妹站在监室门口展颜一笑，露出整齐雪白的牙齿，额头和眼睛亮闪闪的。她一步三摇地往探视窗口走来，五十米的路，被她走成了 T 型台。院子里三三两两蹲着穿着鲜艳号服背心的男人，目光紧紧追随着她，她的身影就增加了能量，越加摇曳了。任何时候，她都会保持妩媚，吸引每一个人的目光。

案件还在侦查中，我们是不准直接对话的。警戒线离窗口有十五米，狱警负责来回传话，可以问问家里怎么样了、父母儿子好不好之类的家常话，涉及案件的信息严禁传递。这是看守所的违规操作，但我内心是感激这样的弹性执法的。

我第一次看她，是她的办案警察带我来的。

那天我心里一点底都没有，不知道办案警察会如何对待我。我找到隐藏在风景区的北溪区公安局，故作镇定地走过拴着一条狼狗的大门。走进经侦科，询问陈庭芬案件的办案警察在吗，他掉头转向我，笑道："我就是。我已经听莫律师说她姐姐回来处理她的事情了。我还以为她是独生子女呢，居然冒出来一个姐姐。"

他这么亲切和气直言不讳，让我吃了一惊。更让我不可思议的是，妹妹将我隐藏得如此之深。

她被抓十二天之后，母亲打电话到杭州问我："芬芬是不是在你那里？她失踪了。"

"没有。"我回答。

"芬芬可能出事了，她失踪前一天给了我五千块钱，说话也吞吞吐吐的，口气不太对。"

我说我不知道，我硕士同学在南京病逝，我刚参加完她的葬礼回杭州。我忍不住心里的悲伤，那个刚过三十一岁、博士毕业才两年的白胖高大的骄雪，被癌症折磨得脱掉人形之后，去世了。妈妈没有耐心听我感慨和流泪，只说道："要是有妹妹的消息赶紧告诉我。"

第二天，清表弟打来电话，用他一贯徐缓沉着的声音说道："姐姐，麻烦你回贵阳来帮帮忙咯，我搞不定了，芬姐已经被关了两个多星期了。我要上班，没空到处给她跑。她胆子太大了，哪个都敢得罪。"

游警官对我毫不隐瞒，把如何给芬芬定案的过程告诉了我。我很震惊，这么打开天窗说亮话，一时消化不了，不符合我对办案的认识。我觉得违背了常理，但是哪里违背了，说不上来。我最后请求他带我去看看妹妹。他答应了。他开着一辆昌河面包车把我带到看守所，对狱警说，我来"提"陈庭芬。

"提"这个词如此生动，如此居高临下，我的尊严当即被踩在脚下并被碾碎了。

提审室十分简陋，也非常森严，敷满了水泥，粗大的铁栏杆即使有锈，也被水泥凝冻得纹丝不动。椅子桌子也是铁的，也被水泥牢牢地凝冻在地上。此时正是盛夏，可是寒气四溢。

铁门哐当作响，提审室震动，妹妹被"提"了出来。看到穿着号服的妹妹，我慌了："你怎么变成这样了。"我的呼吸太急促，将我的眼泪鼻涕吹得四飞。一个讲究挑剔的人被扒皮扒骨扔在1980年代修建的粗陋砖房里，令我茫然无措。我走错地方了，她肯定也走错地方了。我望着她手上的手铐，莫名就抓紧了铁栏杆，还摇晃铁栏杆。这铁栏杆每天要经历多少次如此痛苦不堪的摇晃啊。

"你给我坐好，坐好。"游警官把我拉回椅子上。我为什么"给他"坐好，我愤怒又软弱，无可奈何。对面的狱警见惯不惊，把身后的铁门哐当合上锁好，威严地站在门侧。

妹妹在铁栏杆后面端坐着，身体贴着椅背，轻声说道："姐姐，你哭得好好笑哦。不要哭，随便他们判吧。"她在气势上是永远不会输的。

她很镇定，我止住了哭泣，问她到底做了什么被关起来了，游警官当即呵斥："不准聊案子！"

我惊诧地望着他，心里想着："你刚才不是什么都告诉我了吗？"

我回到出租车上，小聪聪安静地等着："你还要去哪里？我送你。"

"不了，回家吧，今天在外面奔波了一天。"

"我请你吃饭吧，你最近真的太累了。你第一天回来的时候，脸色好好哦。"

"我主要是需要好好睡觉。"我听着他的话，没有诧异。我回来之前，妹妹的事情已经在农科院传开了。另外，我很早就离家读书并在外地工作生活了，记得我的人，我不一定记得。我记得的人面对面遇到，也不一定认得出来。

"没事，吃完，我就送你回家。饭总是要吃的，何况好不容易有这么一个机会。我还以为一辈子都不可能和你说话了。"

"你不做生意了？"我问他。我明白他的弦外之音，但我还陷在看守所的阴气中，没法收拾心情和他客套。

"我帮不了你什么，你以后需要用车，就叫我。"他说着，我点点头。他等我缓过劲来，才问我："你喜欢吃鱼吗？"

"喜欢。"

"董家堰那边有一家鱼很好吃。"

"好的。"

小聪聪的父亲性格暴躁，他被父亲暴打，大人们不到万不得已是不敢管的。那天小聪聪被他父亲几次三番在石灰池里提进提出，不被淹死，也要因为号啕大哭、受惊过度而累死了。他的号啕声小了，嗓子哑了，院领导左伯伯才出现在石灰池边上。他被放下来松了绑，像一摊泥水一样躺在地上。

　　"还不快谢谢左伯伯，还不赶紧滚回家。"小聪聪的父亲说。

　　"他都被你吓瘫了，捆麻了，一下子站不起来的。"左伯伯蹲在小聪聪边上，把他搂在怀里说："回去让你妈妈熬点姜汤给你喝，以后不要这么调皮了。"

　　"我爸爸打我那回，你哭得哦……"小聪聪给我夹鱼递烟倒酒，一点都不把我当女生。

　　"你都被打成那个样子了，还会注意到我哭？"我忍不住笑了。我们不需要特别提醒，就知道对方指的是哪一次被打。"不过你被……""毒打"两个字差点冲口而出，我及时止住了，转而说道，"你被打成那个样子，后来好像也没怎么改啊？"已经三十五岁的人了，应该有点分寸感了，可是童年的感觉很难一扫而空。

　　"越打越皮越叛逆，有一种非要如此看你能够拿我怎么办的心态。有时候晓得会被打的，都无所谓了。做好了心理准备，打起来不会觉得太疼。尊严都被打没有了。"他笑道。

　　"你现在挺好的啊，很自信。"

　　"参军后改的。"

　　"参军这么好？"我笑道。

　　"是啊，脱胎换骨。整个人都变了，真正感觉到了人应该是怎么样的。"

"农科院的那些人不足以让你觉得人应该怎么样吗？比如左伯伯？没有左伯伯那天你可能真的完蛋了。农科院谁家都不敢去劝你爸爸，还是我爸爸去叫的左伯伯。"

"不一样，农科院是长大的地方，感觉不到。虽然和农科院的知识分子朝夕相处，也知道他们人很好，但觉得他们是他们，我们是我们。农科院环境很好，我家庭环境不好，我做不了他们。就像我爸爸说的，我不是读书的材料。"

"参军还让你搞得一套一套的。"我笑道，"比我哲学多了。工农兵学商知识分子，你找对自己的感觉就行啊。"提到小时候，人轻松了，也可以开玩笑了。

"就是混口饭吃，哪有那么玄乎，哪像你一个大学老师呢。"他说。

我早就不是大学老师了，我没有解释。

"你妹妹出事是迟早的，她太冲了，太高调了。"他说道。

我心里惊诧了一下，因为回忆童年而升起的优越感被他这句话打击了。我不知道他说这句话的心态，此刻我还处在非常敏感的时期，还不想和任何人讨论这件事情。何况我自己也没有弄清楚原委。即使妹妹性格张扬，也不至于把她关起来。我冷静了一下，想着既然这件事在农科院传开了，还不如借一个机会给一个每天和不同人打交道的出租车司机解释清楚，他肯定会帮我澄清谣言的。

"中院的法官已经告诉我了，她这个案子搞颠倒了，刑事案建立在民事案基础上是违反宪法的。民事合同案早就不允许公安介入了。"我克制着自己竭力用客观中性的态度陈述道理。

"不是，别人都不整，为什么非要整她？"他也是冷静而克制的，眼睛盯着我的眼睛。我回味着他的话，体会着他到底有多少诚意。这个在儿时任何人都可以随手给他一巴掌踹他一脚的人，此刻显得富有尊严和自信。我们默默对视着，我们都知根知底的，虽然我们已经二十几年没有来往。我忍不住鼻子一酸，落下泪来。他好像有好多话要和我讲，或者是我有好多话要和他讲。我家骤然落在这样的处境，这是我从来没有想到的。

"部队给了你好多东西。"我说道。

"是的。"他应着。

我擦了擦眼泪，没有用，擦不掉，它们更加密集地涌出来。

"我每天开车出来看你上农科院的交通车，很想叫你，怕你认不出我来。"他笑道。

"是的，每天，每天都很累。白天一层层地往各级部门递交申诉材料。厚厚的一沓，根本不知道有用没有。晚上发 E-mail，求助我的各个朋友同学和老师。可能我家家教不好，可能我爸妈没有把我妹妹教好，可是并没有触犯刑法。"我抽噎起来，我的自尊已经被打击到开始替父母反省家教的程度了。

"我本来请你吃饭，是让你宽心一点，却惹得你哭。"

"我也很想哭，我要安慰我爸妈，我要给妹妹上账，我要照顾外甥。我要做这么多。我不知道我为什么出生在我家。我自己什么都不想要，我什么都无所谓。"

"是的，你哥哥好可惜，你哥哥在，你就不用这么辛苦了。"

听到"哥哥"两个字，我号啕大哭。

小聪聪安静地等着我哭。

这家鱼庄在花溪河边，我们坐在河湾里一个隐秘的双人座。我哭透气了，虽然明天依然要奔波，但是心里舒服多了。打着官司，才知道我对法律如此陌生。妹妹的案子我理不清，仅仅那些涉案人名，我就记了很久。而这些人和部门之间的关系，我还常常张冠李戴。精神上承受着巨大的压力，人非常痛苦难过，智力就衰减了很多。脑子是糊的。我写的材料充满了情绪，律师总是说没用，"有点文学性，和法律就没有什么关系了。""我百度了的。"我说道。"百度有用，要我们做什么？"律师笑道。

"你真的太会哭了。"小聪聪说道。

"小时候打架打赢了也哭。"我笑道，"打赢了，并不觉得自己解气了，还是委屈。这种感觉莫名其妙。我好像特别要公正，需要大人们的公正，需要他们来确定我没有错。我太看重是非对错观念了，认死理。你小时候总是被欺负，回家又被你爸爸再暴打一顿，怎么活下来的？怎么还想活着？"我的思维很跳跃，我的换位思考一般只有物理上那一半，心理上还是自己。我想起了小时候自杀的以及染上恶习而突然暴毙的同学。他们的生命就像此时夜色中花溪河上的波光，一闪而过。他们还被我记得，又变了此刻我眼里挂在天上的星星。

小聪聪被我这句话逗笑了，我们又放松了，只是这回"平等"多了。

"那时候就是那样啊，那个时代就是那样的。农科院还算好了，还是有人讲理的。性格太过暴躁和张扬，都会让自己受苦。我爸爸太暴躁了，我又太憨废了，现在都理解了。"小聪聪的解释粗糙但是有用，还能怎么样呢？推给时代推给社会，万无一失又轻松。

我想起我腿上有他的牙印："我给每一任男朋友都说过我和你打架的经历，真没想到你像是一条灵活的蛇一样一歪嘴就咬了我一口。男孩子打架也是不择手段的。"

"是吗？"他大吃一惊，"不信。是不是其他原因造成的？"

我把小腿抬起来把齿印露给他看，整整齐齐的四个，上面两个，下面两个。

"你刚换好的大牙，厉害。那时候打架就怕输，那种恐惧感你还记得吗？"

那种感觉很原始，就是拼力气。对自己的力气没数，就特别害怕，对对方的力气高估，让恐惧加深。我是因为恐惧感才不想打架的；另外，意识到我是女孩，不应该打架。前者，是趋利避害的生命意识；后者，是忌讳舆论的社会意识。

"男生打架后来都是虚的，打得差不多了就收手，就算挨几个重拳脚，也挺得过去的。我嘴特别馋，你爸爸开车从乡下带来好多好吃的，很羡慕。我偷你家东西吃，听到你妈妈尖叫，东西不见了，给猫叼走了。笑死我了。你妈妈很会打扮你们两姐妹，好漂亮。"

"是啊，从小就听别人夸我爸爸聪明，夸我妈妈漂亮。"我叹息着，"我爸爸是聪明的，我妈妈也就那么回事吧。我不觉得女人漂亮是什么了不起的特质，女人本来就应该漂亮。我说的漂亮，就是收拾得干净端庄，这是她的本分。一个干净端庄的女人就是漂亮的。"

"你一直在干吗呢，为什么不找一个？"小聪聪问。

"找的，找不好。"

"要求不要太高了。"

"没有……"我说道。我其实一直在可怜自己，目光还没法投向他人。做人不逃避不掩饰直视自己内心的话，我一直在可怜自己，我还在为我为什么出生的问题所困。我没法和小聪聪讲。我被生出来，就是为了死吗？可是我恰恰没事，没病没灾，我一直是最健康最强壮的那一个。

我一直以为我是对的，我坚信了自己几十年。现在我的"自信教"崩溃，新的信仰必须重建。怎么重建呢，转而信仰母亲。我在黑暗中偷笑又叹息，小聪聪让我一直不断回忆过去。我怎么来的，怎么投胎的，怎么会选择父母成为他们的孩子的，这个要交给宗教了。只有宗教才能够解决三世问题。

　　即使我已经作为一个个体生存于这个世界了，在经历这个世界了，但这个世界还有那么多未知在我之上、在我路途遥遥的人生之后，它们对我来说，依然是"先验"的。我在经历它们之前，首先要经历在家庭中的成长。我一开始并没有反对父母，我回忆着我是何时以及如何反对父母的。他们没有顺应我的感觉和需要，我就反对他们了吗？哥哥也是我的先验世界，他"先于"我来到这个世界，在时间顺序上是，在逻辑上也是，我一出生，兄妹的伦理逻辑就天然形成了。我首先信仰的是哥哥，而不是父母，我突然悟到。

　　小聪聪在他家里，是陷阱一样的存在，他父母每天反复掉进他这个坑里。他们打他骂他，这个重复的动作，只会让小聪聪这个坑越来越深越来越大，他们也变得越加狼狈不堪。他和哥哥一样，也是长子，下面有两个妹妹。但他不仅不能为他父母分担家务、照顾妹妹，反而整天惹祸。我不禁笑了起来，小聪聪不知道我为什么而笑。他小时候"憨废"的样子随时会回到我的脑子里，即使他现在落落大方、稳重老成地坐在我的面前，即使他刚刚已经把我可怜的优越感抹杀掉了。那个缩手缩脚、可怜猥琐的形象太深刻了。他爸爸打他真像是打强盗，像阿拉伯影片中被关在笼子里的强盗一样。我不知道军队给了他什么，反正他看起来的确脱胎换骨了。何况现在人到中年，他没有尘垢油腻感，也没有负担生活重任的疲累憔悴感，略带风霜，倒显得人很精神。

说到可笑之处，大约需要回答父母们生孩子是为了什么。父母们并不比孩子懂多少，他们只是看起来成年了而已。人成年了就该繁衍后代了——未假反思的。我的父母并不比他的父母懂更多，我们这群孩子只是凭着自己的天性生长。说到教化，那个年代太匮乏了。父母们整天叫苦，唉声叹气的，让儿童天生追逐快乐的轻盈的心被感染上了沉重，孩子们根本没法飞入天空。较之他的父母，我父母唯一的一点区别是懂得体面和尊严吧，可是他们郁闷起来一样拿我们当出气筒，一点点小事被无限放大以迁怒发泄，无名火总是越烧越旺。我想起我妈妈打起我哥哥来，也是让我泪流不止。我爸爸打我呢，虽然只有那么两三次，每次就是用竹条抽屁股四五下，却疼得我铭记终生。尤其，我被体罚，是因为妹妹犯错。父亲责难我这个姐姐没有管教好她。为什么不责罚哥哥呢？父亲说哥哥管我，我管妹妹。这种奇怪的责任制，需要等我知悉某些秘密，而这些秘密又需要再等我成年懂得更多道理以后才有能力理解。

左伯伯是我们农科院的院长。我们家属区是纵三排横一竖的平房，工人和知识分子们聚居在一起，家家户户发生点什么都听得清清楚楚。知识分子家庭相对安静，工人家庭经常传出鸡飞狗跳的声音。

"左伯伯去世的时候我还去守夜的。"小聪聪说道，他也想起了左伯伯。

左伯伯从暴躁年轻的父母手下救出了很多被打的孩子。他自己的两个儿子在家庭教养中习得文质彬彬的举止，可是没怎么读书。生于"文革"年代，被耽误了。后来时代风气一开，他们读了电大。电大我打心眼儿里瞧不起，全日制真正的大学校园生活才吸引我。

我不是为了大学才去读大学的，我是为了大学生活才去读大学的。那些读过大学的长辈们津津乐道大学生活，引发了我的向往。

"我后来领悟到，因为农科院这些知识分子，我才相信这个世界有高尚的人存在。"我说道。

"是的，我也是的，有这一点点底子，我到部队才脱胎换骨的，我才意识到我是有尊严的。"

"部队到底给了你什么？"

小聪聪望着眼前的酒杯沉默着，我一直耐心地等着。河上有暗淡的光跳跃，河水流淌的声音随着夜的加深越来越清晰，草在摇曳，虫鸣声此起彼伏。人的世界在静下去，另一个世界活跃起来。

"你可以去找一下王学能。"小聪聪说。

"王学能？哪个王学能？"

"我们的小学同学，你可能不记得他了。"

"他在干吗，他很厉害了吗？"

"他在给省里一个大官开车，你可以去找一下。"

"你们两个怎么玩到一起了？"

"我们两个都是农科院的底层人物，当然就玩到一起了。"

第三章

我记得王学能，他和我是远亲。他姐姐王学琴只要遇到我就提醒我的出身，提醒我和他家是亲戚。

话说我在哥哥的庇护和提醒下开始做一个乖巧的小女孩了。我之所以愿意乖巧，是因为乖巧带来的安宁、快乐和好处比打架多。和男孩打架，承受的舆论压力太大了，还需要防备和"仇人"狭路相逢，走个路总是小心翼翼地绕着弯走，不舒坦。做一个乖巧的女孩，只需要接受照顾就可以了；再懂事一点儿，学会体贴别人更好了，那么得到的照顾会翻倍，何乐不为呢？确定了这个路线后，我变得乖巧了，我享受到照顾了。我还有一种想当然的意识，哥哥照顾我，哥哥的同学们也应该照顾我。我最爱跟屁的，是星星姐。星星姐带我去另一个同学家玩。她家的房子是木板房，矮小阴暗潮湿，不仅卧室客厅餐厅三合一，还堆满了各种各样的东西，直堆到天花板，屋子就又变得像是仓库了。她们两个抱着双臂，不时交替着双腿斜站在屋子正中聊天。累了，还抖抖脚。没有沙发，只有条凳，木头的，黑黢黢的，围着方桌。方桌也黑黢黢的，桌子正上头的屋顶有天窗，然而玻璃脏了黄了黑了，光线暗了。一切都是暗的。我心里慌，每一个暗处都躲着什么我叫不出名字的东西。我高兴的时候，为一切喜欢的东西命名；不高兴的时候，一切不喜欢的东西都不愿知道它们的名字。我站在星星姐身后，站了很久，我站不动了，累了，想走。我犹豫了很久，终于鼓起勇气说我想回家。说出第一次之后，接下来的几次就不那么费劲了，而且越来越频繁，丝毫不嫌自己会烦到别人。星星姐总回答"马上"。她这个"马上"起码应付了我半个小时。突然，一只老鼠窜出来，吓得我尖叫了一声。那位姐姐十分不高兴，说："叫什么叫？！你家没有老鼠？"

"没有。"我回答，老老实实的，也战战兢兢的。我很怕她，但是老遇到她。一遇到她，就变得老实战兢。

"你家丫河寨到处都是老鼠。"她说，恶狠狠的，又旧事重提。

"我家不是丫河寨的。"我躲在星星姐后面，胆子大了一些。

"你敢说你家不是丫河寨的？你再说一遍！"她大瞪着眼睛逼视我，目光如刀，坚硬锐利凶恶寒气森森，我不敢吱声了。

"人家那么小，不懂这些，你和人家说这些干吗。"星星姐劝阻她。

"小，我怕不是小噢。"她回答，更加恶声恶气。

唔，她其实看穿了我。我不愿承认，我仔细体会着，应该不仅仅是不愿向她承认，或者只是因她个人的态度而拒绝。对她的害怕以及对我个人身份认同的问题，整个扭打在一起。

她姓王，是我的远亲，爷爷的堂妹的后代，也就是爸爸的姑妈家的后代。姑奶奶从丫河寨嫁到大寨，这么血脉相连，就是一家人了。她是"学"字辈的，我是"庭"字辈的，我的字辈比她高，她应该叫我姑妈。她对我那么凶恶，其实"以下犯上"了。小时候若

"懂"并接受这个身份，脸皮又像哥哥那么厚，我可以喝她："大胆，对姑姑这么说话，打！"

她和哥哥是同班同学，不知道她怎么和哥哥相处的，或者说，哥哥怎么和她相处的。哥哥和任何人相处都很轻松，我不行。我容易厌烦别人。我厌烦别人的时候，哥哥会成为我通向世界的阶梯。我投一个鄙夷的眼神，哥哥接住了，揣好，换一个笑容满面转过身去和别人接触。总是这样。

我们的字辈是高的，一去乡下，就有一大堆侄儿侄女，还有侄孙侄孙女。但是我才十岁。那一年，1982年，我才十岁。这个王姓亲戚，从她弟弟和我成为同班同学以来，一有机会就要提醒我，我是丫河寨的，要我认祖归宗。她总是那么泼辣地逼迫我，我怕她。我一边辩解一边产生了严重的负罪感。我告诉过哥哥的，我说你那个同学老说我是丫河寨的，很烦。我希望哥哥和她说一声，不要烦我，甚至威胁她一下，让她离我远一点。可是哥哥回答："我们家本来就是丫河寨的嘛。"他每回这么说的时候，总是骄傲，得意洋洋，有时候是嘻嘻哈哈的。总之，他反而对我不以为然。

我不怕她弟弟。她弟弟和我是从二年级开始做同学的。后来想来，我可能望着她弟弟的时候，眼神是鄙夷的，被她捕捉到了。她弟弟，以及我们班另一个也是大寨的同学，也姓王，也是"学"字辈的，还穿着蓝色老土布的衣服。这种蓝色老土布，是用布依族传统方式、纯天然植物染料手工染的，现在在文艺青年中十分流行。可是那会儿还不行，谁也欣赏不了。衣服也是老式的，圆立领，对襟，一字盘扣。他们两个，都穿这样的衣服，下面配着同色的宽大直筒裤。还穿草鞋。大多时候是布鞋。他们有着布依族炯炯有神的大眼，笑的时候，目光是灼热的。他们还长得高大，智力也不落后，但是学习不好。不知道为什么不好。读书对我太轻松了，我没法理解别人的不好。

我们的小学数学老师是上海知青，好不容易托了关系调到我们农科院子弟小学来教书。我们听了大人们的闲话得知，她一直不找对象，怕嫁了人留在贵州耽误前程，"三十多了，是一个老姑娘了。"

大人们提到上海知青，总是同情的口吻，并给他们附上光环。我听着，对她竟有点敬佩，尤其敬佩"老姑娘"这三个字。同时，上海是一个美好的地方，这信息也接收到了。

但是有一次我无意中看到她握着拳头敲打一个男老师的肩膀，紧接着，扭身蹬脚撒娇捂嘴笑，有点傻痴痴的。——傻痴痴地笑，我总会这么用，大约的确那个时代的人总是笑得傻痴痴的，因为生活没有什么真正乐趣吧，根本找不到自我。她捶打男老师的样子是滑稽的，那么健硕的人怎么能够那么扭捏呢。

那男人微微斜身歪头迎合她的笑，显得很亲昵，也笑得傻痴痴的，憨样。那时候社会环境保守，懵懂的我在这样的大环境中是一个小保守。

我站在校园的一头远远望着这幅图景，觉得好像在看电影，只有电影里的女主角才会这么握拳扭身撒娇敲打男主角，还觉得这个举止应该属于想找对象的范围。

这不符合令人敬佩的老姑娘的举止。

她一回头看到了我，那种见惯于她脸上的神情迅速赶走了笑容，拳头也马上垂了下来。老姑娘的严肃拘谨瞬间恢复了。男老师感受到并跟从了她的变化，也马上回了头，也看到了我。我跑了。

小时候眼睛好，隔着一个操场可以看到老师们在做什么。

这位老姑娘其实长得不好看，皮肤黑还粗糙，在脑后耳边扎了两把刷子鬖鬖，比乡下人还不如。说话倒是轻言细语的，可是恶毒，不到半学期，她的上海知青光环在我眼里发黑了、暗了。

这位老姑娘明确地甚至是带头地欺负那两个王姓"学"字辈的学生。老姑娘老师说他们两个："你们读哪样书哦。"——她的贵阳话已经讲得很好了，有段时间我还以为她是贵阳人；有时候她说："你们穿的是哪样哦。"

他们这身衣服是正式服装，很尊重上学读书才这么穿的。

王学文上课说话了。她叫他上台擦黑板，擦好了退到黑板边上站着，也就是罚站他。他穿着不合汉族习惯的老土布老式样的衣服，站在黑板边，手里握着黑板擦。我们哄堂大笑。

老师讲课，写黑板，写满了，让他擦，他就擦。他每擦一回退回黑板边，我们就笑一次，老师也撇嘴笑笑。

他脸色讪讪的，咧着嘴，龇开几颗牙齿，四肢松垮垮地吊着，皮拽拽的样子，有点羞愧，有点尴尬。眼神是亮的，但是闪躲。他有时候擦黑板不用力，手随着身体的动势甩着晃着飘着，黑板擦花了，老师吼他重擦，他又擦一遍。他在倔、反弹，还想顽皮，又不敢——人就卡在放不下顽皮又不敢顽皮的缝隙里，需要一个姿态来自我调整这种尴尬。他还笑，他需要笑，他在自我保护。老师大叫着："不知羞耻，还笑。王学文，学哪样鬼哦！"

无论老师怎么贬低他，他依然咧着笑容。一种傻乎乎的憨厚的笑容，没有尊严的。这种时候，我们小学生们已经不笑了。

王学能的遭遇比他好不了多少，也是聪明，但不好学，学习不好。他们其实在学校里算不上调皮捣蛋，没有农科院职工子弟那样自由自在，更不像这些男孩那样英勇地施展他们的调皮捣蛋。他们都比较瑟缩，只是讲讲话。小学生上课没有不讲话的。但他们不小心犯错，遭遇就比其他男孩难看。

幸亏他们是两个，有个伴。

有一年，我回家度夏，那时候我已经在外工作生活。在农科院电影院前，我坐在车里等人，无聊无目的地望着车窗外人来人去。偶然地，发现一个人似乎也在无聊无目的，涣散缓慢懒洋洋地，从电影院台阶上耷拉着头数着阶梯逐级走下来。是他哦，我的小学同学，王学能。他长得这么高大帅气了？他看起来沉默寡言。他的大眼高鼻立体分明，线条刚硬坚定，嘴角挂着倔强和冷漠，清晰可辨的少数民族气质。只是和农科院隔了几公里的大寨，已经是异域。是的，丫河寨和大寨，是布依族的寨子，是异域风情的。时代不同了，在2010年代，"寨子"这两个字有了点浪漫的感觉。

我当时瞎猜，他初中毕业就辍学了吧，可能在农科院上班，或者打零工，也或者就在家务农。寨子有一种封闭的气氛，如同隔了墙的家庭气氛一样，一家和一家即使是邻居，因为不一样的家教熏陶，孩子们就不一样了。他的感觉纯净正气，可能因为带有对即使紧邻相依，比如农科院这地方，汉族体制的，因为异质，所以抵触，这气质就被保持住了。用冷漠来保持的。比如说，虽然尴尬依然不惧嘲讪地穿那样的土布衣服，比如说，没有想要融入农科院这个其实唾手可得的环境——他们其实也属于农科院，他们又不完全属于农科院——使他保留住了自己的东西。我一直看着他走远，我的小学同学，我的远亲，我姑奶奶家的晚辈。我想，他姐姐老提醒我是丫河寨的，我还得感谢她呢。

这只是我的想象。我没有去和他攀谈，去了解他的近况。我不知道他是不是记得我这个小学同学。

暑假已经过去了，妹妹的事情丝毫没有眉目，负责刑事案部分的北溪区检察院向公安局退侦了两回，负责民事案部分的南岸区法院接受中院退回重审也开过庭了，两个区都在等着对方的判决结果，而我抓住"刑事案建立在民事案基础上违反了《宪法》"这条法律不停上访。那是一段非常痛苦的日子，刚开始很情绪化，一再解释妹妹不会做侵占盗用国家财产的事。话还没有说出口，眼泪先滴下来。上访久了，终于学会以法律思维讲话了。要看证据的，哭没有用的。

清表弟在国税局工作，认识人多，朋友找朋友的，一次次请律师朋友们帮忙分析妹妹的案子。

"我妹妹不会做这种事情的。"我说道。

"你怎么知道？大家都是成年人了，谁晓得谁背后做了什么，见太多了。家里装得乖得很，外面尽做大事。尤其最小的那个，幺儿都是干大事的。一点没问题是不会抓进去的。"裴律师说。

"她真的不会动这些歪脑子的，她本来也是学法的啊。"我争辩着，眼泪又要冒出来。

"学法的胆子更大。学法的要违法，都是些吃雷公厨火闪的、老虎背上玩把戏的。你妹妹绝对被洗脑了。"一位检察官说。

"什么叫作被洗脑？"我问道。我骤然接触这么多司法部门的人，常常被他们的遣词造句搅糊涂。而且，这和案子有关系吗？就凭着办案经验来断定也太鲁莽了。

"姐姐，就是不管发生什么问题，她都死扛。"清表弟在我耳边轻声说道，"你少说点话，多听他们讲。我晓得你着急。"

一双皮凉鞋在这个夏天被我穿破了，是的，穿破的。鞋面满布细密干燥的裂纹，过度劳累使其早衰了。鞋跟被磨穿了，中空的洞豁出来，没法走路了，我才发现它的"死亡"。在这个年代穿破一双鞋是不容易的。首先它材质就很牢靠，再者做工很牢靠。它不是手工缝制的布鞋。第一次穿破一双皮质凉鞋。所谓"奔波"，领略到了。

我到星力百货买了两双新鞋，换上一双，破的直接扔在商场的垃圾桶了。多买一双是为了让购物的愉快溢出来，冲洗掉我的无力感和伤痛悲哀。

我身体的确强壮，没有生过病。妈妈瘦得肩胛骨高高耸起来，后来又发作过胃病和支气管炎。一天我和她带着小外甥出门散步，碰到熟人，对方问妈妈："你怎么瘦成这个样子？"又问小外甥："好久没有见你妈妈了，她去哪里了？出差了吗？"

小外甥仰着脸笑意盈盈地大声回答道："我妈妈在监狱！"

我和妈妈骇然相视。

"芬芬出了事，暂时被关起来了，丽丽在帮她打官司。"妈妈轻声回答道。

"案子怎么样了啊？"对方转而问我。

"我们也不知道，还在刑侦阶段，是保密的。"我勉强回答道。

"天有不测风云咯……也难说隔天就放出来了，你照顾好自己要紧，你看你瘦得哦，不过气色还好。"对方安慰了一下，继续散步，等她走远了。我才说："妹妹的事情早就传开了吧，这个人什么意思？"

"就是想打听嘛，还能有什么其他意思。"妈妈回答。

"没想到这个小东西……"我笑着，拧了拧小外甥的小耳朵，"我们还以为背着他的呢，原来他什么都知道。"

"我耳朵很好用的，什么都听得到。"他得意洋洋地回答。他有着乐观开朗的天性，我放心了。我不想他妈妈戴着刑事罪影响他的未来，更不希望这件事给他带来心理阴影。好在他黏外婆，是被外婆带大的，被外婆照顾得很好，很有安全感。

我给学校打了电话请假。后来又一再请假，两个月过去了。

天气逐渐转凉，妈妈要我也去打感冒疫苗，和小外甥一样。"一人打一针，"她笑道，"两只小猪猪生病了，我可怎么办？"她已经历了很多磨难，遇事镇定，该过的日子还是要好好过的。我依然慌乱，动辄泣哭。

在农科院社区医院的注射室等护士的时候，一个女人衣服上的绣花吸引了我，我随口说："你这件衣服真好看。"

她瞪着我，不吭气。

她是王学琴，我认出来了，那个总是气势汹汹提醒我是丫河寨出身的亲戚。

记忆一开启，早就遗忘的负罪感也接踵而至，苏醒过来。二十几年过去了，可这属于我和她之间的强烈的背景音、汹涌的暗流，依然那么深刻，我不知所措，心里很急促。我偏开头，保持着平静，把目光投向窗外。她依然和以前一样，有着泼辣的外表、凶悍的眼神。但是，她不讲话了，不再提醒我的出身了。

我没有告诉小聪聪我偶遇了王学琴，他正在帮我联络王学能，以期通过私人关系向省级上访部门投递妹妹的材料。

认出这个我从来不承认不相认的亲戚，哥哥的回答自然也浮现出来："我们家本来就是丫河寨的嘛。"妈妈也是这么说的："你家本来就是丫河寨的嘛。"

哥哥和妈妈都是那么骄傲，而我倔强地孤立在这个确认之外，含糊不清。

那又是一个我享受独自一人在家的下午，猛然有人用拳头捶门。门是铁门，和我一样受惊了，被震撼着，带着整栋楼都跳了起来。还没有歇气，一直跳。

"天，哪里有这么敲门的，一直敲，一直敲，一直敲你个头啊。"我嘀咕着，捂着耳朵开了门。一个农民站在我的面前，我当即笑着喊道："瘪伯伯。"我还处在儿童热情好客的时期，家里来了久未谋面的远客，有着朴素的发自内心的欢喜。

瘪伯伯一听我脱口而出叫他，整张脸甫然绽出一朵纹路细密的笑容，很大很大一朵。他很老了，皱纹又密又深，皮肤干得像是壳。他说："乖，幺儿，我喝醉了，喊你爸爸找个车子送我回去。"

我答应着，让他进屋，给他泡茶，然后跑去办公室找爸爸。爸爸那会儿办公室很多，有三个。爸爸很聪明，动手能力很强，需要修理机器的三个研究所都给了他办公室。或者是，他的东西实在太多了，他凭着他和领导们的关系以及搞农业机械的承诺，向三个所各要了一个办公室，每个办公室都堆满了他那些稀奇古怪的东西。

我蹦蹦跳跳跑进综合大楼，挨着办公室找爸爸。谢天谢地，幸亏这些办公室都在综合大楼。在办公室找爸爸不仅仅是我和他的游戏，也是他和妈妈的游戏。曾经有一段时间，这些办公室是分散的。找他，需要穿过行政中心大楼。一下子找到，人会比较轻松舒心——有种猜谜一猜即中的快乐；如果找三下才找到，就会和他嚷嚷了，耐心全在路上磨没了，还会爆发积累了多年的怨气。

"你老躲在办公室让我们找有意思吗？"

"我有工作。"爸爸说。

那天我很顺利地找到了他，他靠在桌子边测量着电子元器件。他那纤长细瘦的指头捏着这些小东西，神情十分专注，像一个小男孩在玩玩具。办公室是爸爸自由自在的天地，我有时候会这么想。我说瘪伯伯来了，喝醉了，喊你找个车子送他回阿哈水库。

爸爸皱着眉头想了一会儿说："车子哪里那么好找，你就说我不在，没有找到我。"

唔，爸爸不愿意放下他的玩具，我垂头丧气回了家。我那会儿还小，还不大愿意撒谎。我心里满怀着对瘪伯伯的歉意，勉强说道，我爸爸不在办公室，又解释，车子不好找。我左右解释，反而把爸爸出卖了。

瘪伯伯听着，沉默了一会儿，说道："幺儿，你乖的，你一看到我就喊我瘪伯伯，你不忘本。人不能忘本，你乖的，你没得嫌弃我，你认的。乖儿，我以后不来找你爸爸了。他原来就是农科院的司机，现在又搞到好事了，他不好找车子哪个好找？他的车子呢？……我喝醉了，走不回去了才来找他。我走得回去，我不会找他……他有他的为难，我回去了。"

这是我第一次正面通过"不忘本"考试。

瘪伯伯家住在阿哈水库，也就是丫河寨。他们喜欢到烂泥沟镇上来喝酒，烂泥沟镇上的包谷酒很有名，他们总是喝得酩酊大醉。烂泥沟镇后来改名叫作金竹镇。

瘪伯伯就是大伯伯。妈妈喜欢管他叫瘪伯伯，他的牙齿掉了，嘴巴瘪了。他是爸爸的堂哥，最长的堂哥，最大的大伯伯。妈妈喜欢说爸爸和他是亲亲的亲兄弟。妈妈这么说的时候，有一种模仿来的市井的俗气。我有时候猜测，她是听来的时候学来的。妈妈时常喜欢学这些，有时候学着，就完全变成那个样子了。我不喜欢这种气质，我可能表现出来了。我心里嫌弃很多东西。

什么叫作"亲亲的"？我会问妈妈，我有刨根问底的习惯，这可能会令人不舒服。但是我经常体会不到别人的不舒服，我更关注自己的问题。

"就是亲兄弟。"

"怎么亲？"

"他的爷爷和爸爸的爷爷是堂兄弟。"

"他的爸爸和爸爸的爸爸不是一个爸爸，怎么会亲，还亲亲？"我没法理解这种"亲"，我觉得一点儿都不"亲"了。

"憨得很，堂兄弟就是亲兄弟。"哥哥接过话说。

"堂怎么亲？"我还是不懂。

"堂，就是姓同一个姓，就是亲的，就是亲兄弟。"哥哥说。

"姓一个姓就亲吗？"我还是反问。

"懒得和你说了。"哥哥笑道。妈妈早就懒得和我说了。

丫河寨的小狗妹，是瘪伯伯的孙子，比哥哥大十岁。阿哈水库有游船服务，他在那里上班。哥哥班级组织去阿哈水库春游，同学们说要游船，哥哥悄悄走到窗口边叫他："小狗妹，给我找一条船。"哥哥的声音很低，小狗妹的脸还是红了。小狗妹也不应他，也不喊他，闷头走到湖边牵了条船给哥哥。哥哥要付钱，小狗妹不要，哥哥说这个是班费付的，你拿着。小狗妹坚持不要，哥哥把钱还给班长。哥哥很有面子，同学们都知道他可以搞到船，还不要钱。

哥哥回来问妈妈小狗妹的学名叫什么，妈妈也不晓得，反正姓陈。妈妈又说："要去问问，在外面喊小名不好听，要喊学名。他没有叫你叔叔吧？他和你打招呼了吗？"

"没有，他都要三十岁了，大成那个样子，当着大家的面，怎么好意思。"

"嗯，没有关系的，他不好意思，你就装不晓得。"

后来小狗妹的女儿到妹妹的公司帮忙，得叫妹妹奶奶了，怎么叫得出口。不能叫。这是在公司里，现在都懂得公私分明了，她跟着大家一起喊陈经理，陈总。

我现在还是不晓得小狗妹的学名，亲戚间好像大多不晓得学名。

第四章

安检虽然麻烦，但还顺利，我告知了找谁，交过身份证，接过访客单，登记名字。保安很客气，见我的身份证是浙江的，攀谈道："我也是浙江人。"

"嗯，"我顺口答道，"老乡好。"

他哈哈笑起来："浙江很好吧？"

"很好，"我回答，"我很喜欢。"

"我是回不去了。"他说道。

"这里也很好，这里气候好。"我说。

"是的是的，"他笑眯了眼，"都是家，都是家，贵州浙江都是我的家。"

他这么和气能言，我的心情骤然好起来，这一天会顺利吧。

我刚走到办公大楼前，一个站在花坛边吸烟的男人对我挥了挥手，他穿着笔挺周正的武警制服，十分抖擞帅气。他的浓眉大眼辨识度非常高，从小就没有变过，我一眼就认出他来了。我正要和他客套，他拿出手机贴在耳朵边讲了起来。打完电话，他说："你有什么诉求直接和周主任说，不要弯弯绕绕，实话实说就行了。不要情绪化夸大，更不要讲着讲着就哭兮兮的。我相信你会讲得好的，你是有文化的人。"

我点点头，这番直入主题的肺腑之言有着让我严阵以待的仪式感，我对他的敬佩油然而起，对他的刮目相看更胜小聪聪。

过了一会儿，一个人从大楼里走出来。"周主任好！"王学能和他打了招呼，又介绍了我，我不免一番点头哈腰。他气宇深沉，目光平和，看了看我手上厚厚一沓材料，说道："我们先在院子里散散步，你给我大致说一下你妹妹的案子。""好的。"我当即应道。

我们在修竹茂林的花园里走了一圈。他头脑非常清楚，我在细枝末节上琐碎缠绕，心疼蹲在看守所的妹妹忍不住落泪了，他柔声把话掐断："北溪区检察院退侦的理由是什么？"

"证据不足。"我回答，毫不顾忌地泄露了自己到处找关系联络办案人而获得的信息。信息未必全面真实，尤其我已经公开在网络上发帖声讨游警官了，别人担心我乱讲话，什么该说什么不该说不懂，怕被牵连了惹麻烦。

"中院退回南岸区重审也是证据不足？"

"是的。中院告诉我抓我妹妹是违法的，但是北溪区还是跟我要五十四万的保释金，她在生病……"眼泪始终要冲出来，我脑子嗡嗡作响，胸闷心痛，我克制着自己，问道，"这个钱能给吗？"

他抬头向远处望了几秒，终于轻声说道："你家里要是不在乎钱，给也可以。但是最好不要给。"

我仔细琢磨着这句话。我担忧我问出不恰当的问题让他反感，但还是问了："这个钱给了就要不回来了吧？"

"看情况的。"他说话字斟句酌，让我这个中文系出身的人自愧不如。没有确定的答案，但是有气息可以捕捉。学法律的人非同寻常，也让我领略到身居高位者模棱两可中的审慎严密。没有人可以帮我决定什么，所有的抉择都得由自己负责。虽然空间很狭小，但只要自己努力又有智慧，成功的希望是有的。

我们回到气派的办公大楼前，王学能依然等在原地，一看到我们，立即恢复了恭敬的站姿。

周主任接过我递给他的材料，说道："我会监督的，你放心，这是我们的职责。"说完，随即转身走进办公大楼。他骤然公事公办的疏离的语气让我惊异，刚才为了安慰我而转移话题的亲切慈蔼消失殆尽。

他的身影彻底消失了，王学能才说："我只能帮你这么多了，我从来没有求过周主任，这回算是给面子了。"

"非常感谢了，要不是你，我怎么可能和他说上话。"

"晚上一起吃饭吧。"

"好啊，叫上小聪聪，我一直想请他，一起吧。"我说道。

"我请我请，你这么大老远回来，没这个事，我还找不到机会请你吃顿饭呢。"我听他这口气，扑哧笑出来。

他送我出来，我把周主任签了字的访客单递给保安。保安依然笑容满面，和我讲着老乡好老乡再见。

下午跑了两个市级单位，其中一个是冲我在网络上搜索的副职主管书记直奔而去的。我查看着办公室门号和名牌，找准了，问道："请问牛书记在吗？"有人慢悠悠抬头望着我，徐缓地回答我："不在。"

我走到另一个办公室，问一个工作人员："请问牛书记在哪里？"工作人员回答："就在他的办公室啊，318。"我回到原来的办公室，直接叫道："牛书记好！"

以后不仅要记得搜索职务和名字，还要记得搜照片，把人认得。

"谁叫你来的？"他当即喝道。

"官网上写明了公安滥用职权由你负责监督。"我说道。

他依然喝道："网上搜的？网上有那么多好搜的啊？！"

"我要投诉警官滥用职权，渎职。"我不接他这个话，直接递上材料。

他握着材料用大拇指一篾，被我装订成册的 A4 复印纸哗啦啦翻响着，我马上矮了半截。他说道："这么厚，这么厚干吗。"他来回扫了几眼，"你很会写，文采不错啊……好了，我知道了。"

"如果你不管的话，你也属于渎职哦。"我说道。我努力镇定自己，让自己佝偻的背直回去。

"小姑娘还懂得挺多的。"他笑了。

我一直看起来比实际年龄小，即使我现在已经三十五周岁了，还总被误以为是"小姑娘"。我想显得老练精明强悍，让人望而生畏——我不是那么好欺负的。

"我会再来的，我现在就专门上访了。我也会监督你管不管这件事的。"不能让自己的声音发抖，我调整着语速让每一个字比呼吸还要平稳地吐出来，让每一个字都潜藏着力量。

他还是笑，点点头，说："放心，我会看的，我会监督的。"

这个单位的环境十分逼仄，似乎好不容易从市中心的居民区见缝插针劈出一块空地安置了这么一个权威部门。两栋办公大楼对立着，前后和居民楼鼻子抵鼻子，中间有一方只有正午的太阳才照得见的小天井，整个环境是潮湿阴冷的。

我不喜欢乞怜，我是来讲道理讲法制的。我竭力做到精致庄重大方，很注意化妆和衣着。可是此刻一双高跟鞋在暗淡的楼道里橐橐作响，让人觉得慌张。不卑不亢到底是什么？我做得很累。心里没有底气，脚下就虚飘起来。我担忧踩空楼梯，只好挨着扶手小心翼翼地下楼。走过保安室，我才想起忘记请牛书记在访客单上签字了。我往里望了望，保安不理睬我，我若无其事地跨了出去，把兜里的访客单捏作一团扔了。

不知道有没有用，即使没用，我也按照正常程序逐级上访了，我对得起妹妹了，我对得起自己的痛苦了。明知不可为而为之，尽人事听天命吧，我的眼泪又想往外涌。我望着车来人往，竭力把这一阵羞辱感忍过去。宽敞的街上阳光真好。罗素说："恐惧是迷信的根源，也是造成残忍的主要原因之一。智慧始于征服恐惧。"我的手心微微出汗。

已经初秋了，妹妹的生日就要来了。我总是哄着她，下周就可以出来了。下周过去了，我又哄她，在走程序，再过两周就可以了。我在尽力，可能还需要等等，不要着急哦，你的生日一定会在家里过的。

这些拖延的谎言每反复说一次，我的愤怒、怨恨，还有恐惧和被羞辱感，就会加深一层。我多么无能为力，他们一吼我，我就发抖，所有这些情绪逼着眼泪冲上来。情绪在积累，想做极端的事，想变得残暴。如此，说不定就一劳永逸了。我此刻很理解那些引发舆论震荡的暴烈极端的行为，可是我做不到。这到底是我生性怯懦，还是我的确放不下父母和小外甥？过激行为之后，家里只会多一个坐牢的人，而且这将不是冤案，是铁板钉钉的刑事罪。我是文明人，这不是酸腐，这是起码的道德感。我的心理在扭曲，又被自我安慰给扳了回来。要不然怎么办？妹妹的案子混淆了刑事案和民事案的界限，她有过失，但她更多的过失在于出言不逊得罪了人，并不构成刑事罪。可是事已至此，只能按照法律来了。

我蹲在街边吐了起来，呕吐物让我十分恶心，造成二次刺激，又呕了一次。我买了瓶矿泉水把污秽冲进下水道，接着，第三次恶心来袭。我一手扶着栏杆一手按住痉挛的胃，哄着它，没事啊没事，我们会好起来的，你要好好的，不要生病了，我们没空生病。

小聪聪还没有给我电话，可能王学能还没有下班，他们两个会了面会过来接我。我拐进一条小巷闲逛着，等着这阵难受挨过去。这条小巷什么店都有，小吃店，二十四小时便利店，米粉店，打印店，色彩杂乱，热闹非凡，烟火气十足，一段地面积垢又厚又黏，一段地面又被濯洗得像是年轻时候发白的牛仔裤。年轻时拮据又追逐时髦，没钱又大手大脚，什么都积攒不下来。街角一家门面极其窄小的服装店，橱窗挤挤挨挨，堆满了休闲简略又不失怪异的T-shirt，有种好货很多、空间不够且来不及整理的凌乱感，和衣服本身随意的风格相和谐。我走进去，慢慢翻看着。价格不低，但质量也不错。我看中了一件露肩的长至大腿的黑色纯棉T-shirt。这件衣服不好搭配，质地很厚，是温暖的；可是又要露肩又要露腿，是清凉的。在季节冷热交替之时，血热的人可以承受。把内脏捂好，血液循环又良好，热量可以被驱送到身体末端。我在健康上还有这样的自信吗？喜欢就好了，此刻喜欢，又需要安慰，就买吧。

我刚付完钱，小聪聪的电话打来了。他问我在哪里，我说不清楚，我离开贵阳很久了。"你问一下边上的人。"小聪聪提醒我。我问了服装店的人："这里是哪里？""啊，"店员大吃一惊，"你贵阳话说得这么好，居然不认识？"我把电话递给了店员。

小聪聪顺利接到了我，我钻进车后座，坐在副驾驶席的王学能回头朝我咧嘴一笑。他连笑容都没有怎么变,有点尴尬的勉力为之的笑容,和小学三年级时那种讪讪一笑的样子相去不远。

小聪聪开着车七弯八绕拐进某条窄巷,又拐进窄巷僻静处某个高大的朱门,里面豁然开朗,院落宽敞,一股民国风扑面而来。

"这么好的地方。"我笑道。

"差杭州差远了吧。"王学能也笑道。

"杭州好不好不关我事啊,就和贵阳好不好不关我事一样。"我说道。

"杭州是国际旅游城市,是全国最宜居的城市,你住在那里舒服啊。"王学能回答,轻柔地接住了我的暴躁。小聪聪听着这番对话,别着脸笑,又给我们倒茶递烟。我有点轻浮无礼了,我想着,就着他递过来的打火机吸燃了烟。才吸了一口,眼泪就流了下来,我用纸巾按掉了眼泪。刚才在街上哭过之后就没有补妆。

"你太累了。"小聪聪笑道。

累如果有结果,也是值得的。之前为患癌症的骄雪累,现在为妹妹累,无缝衔接,我哭得没有力气了,可是眼泪不受控制地流。骄雪已经病得奄奄一息了,我还和她玩笑:"你皮肤好得哦,好羡慕哦。"这完全是找不到话说了,只好故作轻松开个玩笑。人都是会死的,对我只是一个知识,我还强壮着。死期明明白白地走近骄雪,就不一样了,安慰毫无用处,玩笑也毫无用处。等到参加她的追思会,灵堂上陈设着她健康娴雅的毕业照,那被放大了好几倍的笑容突然变得阴气森森,眼中含着的活泼俏皮也有了鬼气,逼迫地向我压过来——这个人去世了,这个人曾经那么漂亮,我大放悲声,无法遏制,悲痛是从丹田涌上来的,将我的腰深深折弯了下去。如果哭泣可以挽回一切,我怎么哭都可以。哭可以让时光倒流吗？骄雪的博士师妹扶住我，安慰我："师姐，不哭了啊，师姐，不哭。"这语言是无力的，它只是一种飘忽的好意，此刻必须安慰一个悲恸的人而发出的。此刻这个哭泣的人让她产生了压力，她不得不通过安慰我而释放这样的压力。

人的情绪是用来做什么的呢？

吸完手上的烟，我起身往卫生间，重新上了粉，涂了睫毛和唇膏。我无端地悲伤让二十年之后的同学相聚不愉快了，这是不公平的。我们三个，如此相聚，坦诚相对，没有生疏，毫无罅隙，但也不该过度放纵自己的悲伤。

我竭力振作些，他们也没有提及妹妹的事，只说些家常闲话。我喜欢这种深知对方痛苦却毫不提及的吃吃喝喝，让我于口腹之快中暂时忘却无力面对的现实。童年不可避免地被提到了，"小时候，我哥哥其实挺欺负你的。"我对小聪聪说。

"男娃儿家，懂哪样欺负不欺负？男生都有英雄情结，都喜欢拿别人练腿脚。我要是很强，我也会么做，会觉得自己很了不起。"小聪聪说道。

他对童年的境遇的确释怀了，王学能似乎也释怀了，我问他还记得谢老师吗？

"当然，"他点点头，"谢老师还搞了一个QQ群，把以前的同学召集起来了，你要进群吗？"

"不进不进。"我连忙说道，猜测着她是不是怀念青春忏悔过去，"她一个老师带头欺负你们。"

"没有啊，她哪里欺负我们，她是为我们好。"王学能说道。

我没想到王学能会这么认为，可能合理化老师的言行能够缓解他过去受到的羞辱。

"你们打儿子吗？"我问王学能，也是问小聪聪。

"打的，不打不行。"两个人都这么回答。

"你们打儿子是为了合理化你们的爸爸打你们带来的痛苦吧。"我冲口而出。

"你没有孩子，不懂得。"小聪聪说道，"有些事情太危险了，不打记不住，比如电源插座，打了他才记得住不能随便碰。"

"缺少耐心吧。"我说道，"我也带我的小外甥的。"

"那不一样的，感情就不一样。你自己赶紧找一个结婚生一个就晓得了。"王学能笑道。

"你妈妈带你小外甥带得那么好，你就是陪着玩。你像我们又要上班又要做家务，有时候一锅油在火上，小娃儿伸头过来，哪里来的耐心？一巴掌给他打回去最安全。你家里都是你妈妈做，你陪他玩，当然有耐心。你妹妹的福气太好了。"小聪聪说道。

"你爸妈不帮你们带？"我问。

"带些哪样哦，他们那么爱玩。他们苦了一辈子，也该好好玩一玩了。"

"是的，我妈妈在带我小外甥这件事情上，是非常有乐趣的，我妹妹根本就插不进手。"我说道。

我们三个人喝了一瓶茅台，等我借口上卫生间去付钱的时候，钱已经付过了。

很难入睡，只能继续喝酒了，茅台酒的那阵劲儿早就过去了。深夜如此安静，街上稀落的车声人声高跟鞋敲击砖头的橐橐声传入耳中，而越来越清晰的声音是我自己内心的痛苦和焦虑。因为夜，因为静，这痛苦可能还被放大了。我浑身绵软，腰板酸痛，脑子却清醒得可以做高数题。躺了好一会儿，我还是起身轻手轻脚去厨房倒酒了。我的卧室和母亲的卧室相对，门是格子窗玻璃的，不隔音。母亲说她睡眠依然好，倒头就睡，我惊醒不了她，但还是仔细为好吧。

有路灯灯光透进厨房，沙发冰箱和餐桌椅在各自的位置团团黑着，我摸索到走廊，开了灯，卫生间的门骤然被拉开，父亲走出来。

"倒酒啊？"父亲说。

"嗯。"我答应着，有点尴尬。

父亲往他卧室而去，我就着走廊上的灯倒酒。端了酒，我犹豫了一下，来到父亲的房间。他睡得晚，我的黑白颠倒可能遗传于他。

一时不知道和父亲说什么，闷着抿了一口酒。坐在书桌前的父亲递给我一支烟，把自己的点燃了，把打火机递给我，半垂着厚重的双眼皮望着电视说道："很多事情是你在具体处理，具体情境和氛围是你在把握，具体怎么做，你自己心里有数就行了，不一定什么都要和你妈妈说。"

我知道父亲的意思。妹妹的事情，我和清表弟常常意见不一。清表弟主意多，给我打了电话，也给妈妈打电话，顺带上表达对我的不满。妈妈更相信清表弟。

"清表弟话太多了。"我说道。

"他说他的嘛，他也是帮芬芬。"爸爸说。

"就是帮出多的事情来，我还要应付妈妈。"

"帮忙哪有恰到好处的？有帮不到位的，也有帮过头的。你自己心里有数就好了，总比不帮忙好。"

抽完手上的烟，我端着酒回自己房间了。

第二天起来，妈妈已经给我烫好了米粉，还有一只父亲煮好的鸡蛋。他们每天早餐吃一个煮鸡蛋。他们分工明确，父亲煮鸡蛋，母亲做早餐。这种分工像是为了分担和平衡家务事，又有着游戏的快乐。我乐享其中的快乐，吃完了必然啧啧称赞以资鼓励。不过在眼前的窘境下，我只是默默吃完。妈妈递给我几块零钱，站在阳台上往外瞭望，说道："你现在下去正好，交通车回来了，绕一圈你刚好赶上。"

"好的，"我说道。我已经收拾完毕，尽可能妆容精致。我不喜欢邋遢潦草，一副讨人可怜的上访相。我是去维护自己的权利，不是讨可怜。

等我冲下去的时候，交通车已经开远了。我不愿意喊也不愿意跑，随它绝尘而去吧。

按照预定计划又跑了一圈有关部门，累，我实在撑不住了，就近去了清表弟家。我在表弟家一边吃饭一边打瞌睡，等我把最后一口饭扒进嘴里，靠在沙发上睡着了。"你记得叫我。"我含含糊糊对清表弟说，"下午要见律师。"

我准时到茶馆见了律师聊案子。有些东西可能没用，但是庭上有书记员做庭审记录，有些话必须要律师问出来说出来，会被写入卷宗成为可能有用的证据。万一被判成了冤案，我依然需要继续上访呢。每一步都必须夯实，为不确定的未来做好准备。不用了固然好，有用的都准备着。我希望我所做的每一个努力都是有用而又没用的——这模棱两可让人多么心焦，眼泪又汪了上来。我不想再哭了，哭要是有用的话，早就起作用了。放下情绪，踏实做事，我时时给自己心理暗示。可是每走一步，情绪都在波澜起伏。对外爆发情绪毫无用处，只能压抑自己。

从茶馆走出来，我昏头昏脑，一步三摇，随时腿一软就会倒下去睡着。这里离农科院的交通车站不远，想起母亲给我的零钱，还是去坐交通车吧。刚走到车站，车子就来了，我心里庆幸着，要不然要抱着街边的栏杆睡着了。我走到最前排的座位，一坐下就掉进睡眠里了。

"你看你累得哦。"售票员拍着我的肩膀要我买票。零钱一直捏在手中的，掌心有汗，一块钞票被捏得筋骨全软了，递给她，我瞬间又跌入瞌睡中。

我中途醒了一次，堵车了，离家还有很长的距离，心中安然，又睡着了。我被一阵电话铃声吵醒，妈妈打来的，问我在哪里。我说堵车了。回家吃饭的吧？她问。是的，我回答。挂掉电话，我又睡着了。

到站了，我两腿发软地下了车。明明睡了那么多，人依然疲倦。一阵眩晕感从肚子冲上脑袋，好饿啊，我爬楼梯的力气都没有了，低血糖低血压在发作了。我推开门进家，正要说饿昏了，妈妈的吼声传来："你很多钱吗？要用五十四万把芬芬保释出来？"

"我只是试探一下对方到底什么意思。"我说道。我脱下鞋，转身进入客厅在沙发上窝着。我的肚子很饿，我的辩解十分无力。这是我勉强想得到的说得出口的还可以挽回一点颜面的辩解。

"试探？什么叫试探？这个能试探啊？你这一试探，人家就真的等你拿钱了。"

"芬芬蹲在牢里太苦了。"我说道。

清表弟要我一口咬死家里没钱，叫苦叫穷喊冤。你稍微一问一松口，别人就觉得你有钱，挤得出钱来，清表弟如此警告我。丽姐，你不能拿你读书人的那一套来打官司。我没什么读书人那一套，那样相处，不是太累了吗？层层设置心机，又要层层去解密别人的心机。清表弟叹了一口气，说道，姐姐，我怎么给你解释啊，不是什么心机不心机，你不能动不动就对别人坦诚相见，你晓得别人到底帮哪个？别人为什么要帮你？没有这种事的，何况你也搞不清别人的底牌。清表弟的话是有道理的，我接受的，但我还是忍不住说，那这样的交流效率不是太低了吗？天，你居然讲交流效率，你是从哪个星球上来的？这件事情本来就绞缠了，民事案搞成刑事案了，哪个先动哪个栽。清表弟还是有耐心的，说话口气也始终平稳，只是没想到他还有最简单粗暴的杀手锏，我一转身离开他家，他马上就给妈妈通风报信。我一再请求他不要和我妈妈说什么，她年纪大了，让她着急难过有意思吗？

"她自己祸从口出，让她自己去承担。"妈妈说道。这也是表哥表弟们的意见，并把妈妈"洗脑"了。在我回来之前，他们各种关系走了几遍，能打听的全打听了，人弄不出来，只能认命。他们做事就是人情社会的那一套。开始兴冲冲的，家里有人出事了，可以帮忙显能耐了，后来无能为力，给母亲解释的同时也给母亲洗脑。我总有这些无耻的念头，我心头的邪恶那么多。

母亲和父亲也从来没有去探望过妹妹，他们不可能出现在那么尴尬的地方。我内心十分无力，但还是勉强解释："游警官给我说过，如果被判无罪，钱是可以退回来的。取保候审了，芬芬出来自己努力，是可以被判无罪的吧，本来整个事情就搞拧了。"我对妈妈解释道。

"游警官只是一个执行上级指令的小警察，你盯着他干吗呢。你把他搞到网上去，你害着人家，你也被动。"母亲说道。

我懒得回答母亲。我自己知道就行了，我所做的每一件事都是堵死每一个漏洞，即使我自己也动弹不得。我不吭气了。等了一会儿，大家都安静下来了，我关上客厅的门，拨打清表弟的电话："弟弟，你为什么又和我妈妈说那么多？为什么让我们吵架？你也三十多了，难道不晓得让我妈妈安静，好好养身体吗？你看她都瘦成什么样子了？"

"姐姐，我是为你考虑。你看看你现在都走了七八个部门了，每天累不累？就让他们判咯，到时候再走监狱的关系。"

"但是她有刑事罪在身了，以后会影响她儿子。"

"哪样时代了？还影响儿子？"

"刑事罪对她的未来也有影响，我不想她有刑事罪，她本来就没有罪。"

我抱着电话，浑身发抖，只觉得心寒。外甥拉开门走进来，坐在我面前的地板上玩着随身带进来的奥特曼。

"宝贝，你出去玩，去找阿婆玩，我在和舅舅打电话。"我对他说道。

他不理我，只玩他的奥特曼。我顾不了他，只反复解释刑事罪在身的严重性。我越强调这个看法，清表弟越坚持自己的意见："姐姐，你累，我也累。我愿意竭尽全力帮芬姐，但也要抱着随便他们判的态度。钱肯定是不能拿出来的。"

"随他们判的态度绝对不能有，只要有一丝这个态度，官司就会输……"我竭力让自己平静。

"大姨没出息，只晓得哭。"小外甥扔下一句话，站起来拿着他的奥特曼走了，门也不关。虽说如此，他那双稚气的光脚丫让我又充满了斗志。

"你真是有钱。"妈妈的声音传来。我挂了清表弟的电话，朝妈妈嚷回去:"要不是你们平时宠芬芬,她怎么会这么无法无天,不知道天高地厚,不知进退?惹出事来你们就不管了,让我拼死拼活……"

"你说什么?你是不是以为我不敢打你?"妈妈吼道。

"我知道你敢打我。"我捡起拖鞋朝厨房扔去。

妈妈勃然大怒,上来给了我一巴掌。我一回头撞在门框上,一阵钻心的疼传遍全身,我尖叫着:"芬芬会有刑事罪,她会影响宝贝的未来。"

我走进房间收拾行李:"我每天这么奔波,我一口水没有喝,一口饭没有吃,我这么饿。你们为什么要这样对待我?我和外人打交道不累吗?为什么你们还要找事情?你们那套做事方式太可怕了,给社会搅浑水。"

母亲没有拦阻我,小外甥抿着嘴走进走出向外婆汇报情况:"阿婆,大姨收拾好行李箱了……阿婆,大姨把被子叠好了,她从来不叠被子的……阿婆,大姨还在哭……阿婆,大姨提着行李箱要出门了……"

"不用管她,随她去。"母亲对小外甥说。

我站在街头,心中茫然,我去哪里?怎么去?打车吗?风一吹,我骤然冷静下来,我给小聪聪打了电话:"你来送我去机场吧,或者随便送我去哪里,或者陪陪我,我不知道我要干吗。"

我坐在路灯杆下等着小聪聪。痛苦在心里盘根错节,还向一切人和事伸出它的触须,紧紧缠缚可以缠缚的,越长越密,越长越重。

没想到小聪聪让我等了半个小时,他可能在外面忙。我渐渐冷静下来,感觉自己不应该麻烦他。我犹豫了一会儿,克制住不想要他来了的冲动。他到的时候,没有解释,脸色平和,带着浅笑,帮我把行李放进后备厢。

路边的灯光越来越高越来越稀，路面越来越宽越来越静，我没有问他去哪里，我只说我很饿，没有吃晚饭，人要饿昏了。车子停在了河边，我听到了瀑布冲击水潭的哗啦声，他应该是把我带到花溪了。他拉了手刹，歪头对我笑道："先吃点东西咯。"

"你老婆不会说什么吧？"我问他。

"说什么，这段时间都在陪你，她晓得的。"

"希望她不会多想。"

"不会，她对我很放心。"

我们正吃着饭喝着酒，父亲的电话来了，他要我住妹妹家。"隔开住，大家都轻松些。"父亲说道。

父亲在妹妹家里等候很久了。屋子里冷冷清清的，几个月没有人住，起了灰尘的气味。

"电热毯给你打开了的。"父亲说道，"你哦……已经多次给你打过招呼，你妈妈就是那个脾气，要带进棺材里去的，你和她计较什么？你已经是成年人了，都几十岁了，要学会担当，凡事都要求别人理解你，这是不可能的。自己心头明白，自己埋头去做，做对了做错了，后果自己承担。到处解释不仅没用，还搞得处处掣肘。你要弟弟帮你找什么关系，你就直接找他联络。他喜欢出主意，觉得有用就听，没用的，不要多话。把自己情绪搞得这么坏，没有必要。他是帮你帮芬芬，他不帮也说得过去。各人生活方式和思维方式不同，你不要强加于别人，搞到最后亲戚朋友都不来往了，还说自己很孤独。这段时间你太累了，所以脾气大，好好休息。麻烦小聪聪了，大半夜的打扰你。"

"陈叔，没有关系的，丽丽好就行了。"小聪聪笑道。

这乳名听着亲切，叫的是一个我熟悉的人，一个过早陷入沉思而不可能成熟的人。她有着严重的性格缺陷，无论走到哪里、身在何处，都与四周格格不入。她也许是要求完美和深刻，也许是渴望被关注被欣赏。她充满了攻击性，什么刻薄恶毒的话都说得出来。她内心的愤怒太多了。

妹妹住的这套房子是我们原来住的，父母给她了。妹妹装修得富丽堂皇，透露着某种俗气的野心。罗马柱上放着一缸鱼，花饰繁复的铁艺栅栏隔离着玄关，客厅专门做了风水养了巨大的热带鱼。卧室的两米大床塞得房间转不过身，敦实厚重的床头柜里似乎藏着难以数计的现金。

小时候觉得家里很宽敞，可以跳舞可以旋转，现在窄得让人动弹不得。她包进阳台扩展的那点空间是不够奢华的茶几占用的，采光也受到了损害。所有的家具大了不止一号。天花板又吊顶又挂了吊灯，令人感觉十分压抑。

卧室光线暗我是喜欢的。父母现在住的房子不用窗帘，前后居民楼靠得近，窗户让母亲觉得毫无隐私可言，因噎废食，给玻璃贴了膜，模糊了由外而内的视线，也模糊了室外的风景。我常常拉开窗户，大口大口呼吸高楼外新鲜的空气，远眺一公里外的高架桥和高架桥后碧黛的远山。我总觉得闷。晚上我则觉得寒酸和冷，有种家徒四壁的凄清感，很渴望挂一幅窗帘。特别到了冬天，褐色的塑钢窗让我手脚更觉冰凉。由于室内外温差，窗上总是蒙着一层水汽，水汽重了，形成水滴，水滴重了，淌下去挂出一条条水痕，让人十分孤单。缺少装饰让我觉得缺少温馨。床很单薄，被窝也是，我住的是小外甥十分卡通化的房间，盖的是他的被子，不过可爱抵消了一些难受，儿童的奶气息始终围绕着我。

这个房间平时是闲置的，没人住。我每年回来一周左右，没必要给母亲提出挂窗帘，让她操心。她的卧室倒是很温馨，挂的依然是1980年代流行的棉线蕾丝纱窗，乍一看，还有点少女感。

早上，母亲有巡游各个房间的习惯。巡游到我的房间了，门后露出半个头，歪斜偷窥状，眼梢也斜着，半笑不笑的，说道："从小就是这样的，睡觉顾头不顾尾。"

我又把头藏在被窝里了吗？我的脚又露在被窝外面了吗？我只想藏起来，在漆黑里听从我的身体对饱睡的渴望。这卧室的体验感不太好，很难进入深睡状态，每天都觉得周身酸软。

母亲年纪大了，喜欢简单方便，窗帘让她觉得累赘，爬上爬下拆洗辛苦。加之她作息正常，夜间十点半睡，早上六点醒，她不需要厚重的遮光窗帘。她对光的需要合着昼夜六时，窗帘是多余的。

"到处都黑黢黢的，"母亲评价着妹妹的家，"和你家爸爸的房间一样。"

父亲喜欢静，门窗整日紧闭，房间里堆满了他的小玩意儿，加深了阴影，"幽"了，还很有安全感。恋物癖的满足。

母亲的房间和她所占据的厨房是朴素敞亮而热气腾腾的，父亲的房间是幽暗静深的。妹妹呢，则需要豪奢，像是对于简朴的反拨，有点过度了。

母亲年轻时候是紧随时代潮流的，不仅要求款式新颖，还要求质地优良。另一个房间摆满了她那个时代的流行家具，黑却反射着暗红的土漆，实木的，厚重。母亲可不会让那些压缩的不中用的三合板五合板等新时代家具所替代，老家具始终好的。不对，这中间更多的是怀旧吧，她停留在她的时代了。她赶着她的时代的时髦，也正常地老了，怀着她的时代的"旧"。她怕麻烦了，不再为了精致而不计体力精力的成本，虽然她有大把的时间。

代际交接就是轮回，妹妹自然而然接过天然造物灌注给人嗜好新鲜的责任，开启另一个时代对于流行元素的追逐。她对世界的新鲜当然和儿童的新鲜不同，儿童是望着天望着神话童话的，她是望着物质世界的。

我带着小外甥在小区的草丛中捉蚂蚱，他双掌一合一个准，一只蚂蚱到手就塞入矿泉水瓶中。这让我心悸，这是不祥的，他在杀生，不利于祝福他妈妈早日出狱。我又即刻反省自己在迷信，无论如何不能阻拦一个儿童对这个世界的好奇和探索。又有一天，他问我："大姨，孙悟空厉害还是哪吒厉害？"

孙悟空和哪吒较量？哪一本书写过啊，没有啊，我怎么知道他们谁厉害呢，你让他们打一架吧。文学作品会让人烧脑到这个程度吗？这两个形象都是莽撞冒失无法无天不尊重生命的，只图一时痛快。他们身负天命而有恃无恐，是可笑的，他们应该是有待进化的生物。他们缺少文明、新的文明。小外甥会照顾我了，我去接他放学，他又一路钻着林子找着虫子。"大姨，你不要过来！"他叫道。好吧，我原地站住了。反正我正思考一些不着边际的问题，此刻的"过去过来"对我都十分渺小，都是一样的不用介意。"好了，大姨，你可以过来了。"小外甥又叫。我慢悠悠走过去，他仰起小脸对我一笑，说道："刚才有男生在小便。""哦，你不要学他们这么不文明，随地大小便哦。""我才不会，女生碰到会害羞的。"

小外甥跟着外婆住，有自己的房间。外婆家是自己家，妈妈家则要叫作妈妈家。我逗他："你妈妈家才是你的家，外婆家是我的家，你走开。"他一噘嘴，向我投来鄙视的一瞥，丢下一个不争不抢然而全都是我的的自信傲然的背影，找外婆去了。外婆给足了他安全感。

眼泪从眼角倏然滑落滚进耳朵里，凉沁沁的。我总在半夜惊醒，仿佛听到了妹妹在叫："姐姐，救我。"我在深不见底的黑暗中坠落，渴望有一双大手接住我。

妹妹有钱，泡了几罐子名贵的药酒。我拿了小杯子接了一杯喝。

"你不上火啊？"母亲问。

"什么上火，我十几年都不知道上火是什么滋味了。"我回答。我只想喝得晕乎乎的好直接坠入睡眠。

妹妹的卧室是适宜睡眠的，床宽大软和，被套时新舒适，又厚又软的双层提花窗帘隔绝出慵懒的真空，人一走进来，就松弛懒散下来。可是我依然享受不到睡眠的快乐。

这套我长大的老房子，每一个角落都藏着哥哥的气息，是的，即使妹妹把它装修得如此豪华，也铲不去哥哥的身影。

哥哥去世后的第一个周末，我独自一人回家。我坐花溪到贵阳的郊区车，到西站下车。我沿着小路上坡，走过宽宽的铁路线，继续上坡。望民村边的公路是一段十分陡急的下山弯路，我们一般不从这里走，担心遭遇莽撞的司机。只要不下雨，不稀泥，我们走望民村里的小路。穿过望民村，上完这个坡，是有着厚实墙壁的石灰窑，像一座古代的城，从这里开始路平了，但这里经常发生一些奇怪的事，甚至有命案，也是需要格外小心的。从这里，进入农科院园艺所果树林，路两边种的是梨树，春天的时候，开成一片广袤的香雪海。那令人陶醉的香气和延绵的雪白世界，丰富了我们对七仙女天界的幻想。继续走五百米，是农科院的正大门。我这天进入农科院的大门后，随即弯到另一条小路。我怕遇到熟人，我怕他们对我投以同情或者其他什么复杂的眼光。我岔进玉米试验田边的小路。我时快时慢，书包也时轻时重地拍打着我的后背。我用的是最时新的人造革双肩书包，是父母对我考了全校第二名的奖励。父亲说我书包重，不能把肩膀压斜了。我脚下着急，心里却拖延，我不知道妈妈怎么样了。她伤心得像是初冬的蓬蒿。我拐过一个弯，到了水塔山下。这座小小的山儿时觉得很巍峨，我们经常来爬，每回都够我们消磨一个下午的。山下有一条小路笔直地对着我家的窗户，一排是客厅的，一排是我们的卧室的。我望着窗户继续走，不知道妈妈怎么样了。我心里忐忑不安的，想跑，赶紧到家，立即就能知道妈妈怎么样了；又想在路边延捱一会儿，害怕到家。我越走越近，走到路边那棵巨大的槐树下，那甜丝丝的槐花每年如期一串又一串地挂出来，被我们摘了吃——窗户突然被推开，是妈妈。妈妈宛然一笑，对我说，你回来了。我回答，我回来了。我心里一下放松了，妈妈很好，妈妈在笑，妈妈的微笑多美啊。

我走进家，洗脸，吃饭，做作业，和过去似乎没有什么变化，可是哥哥不在了。我没有如同以往，一回家就找哥哥。他不在了，我不找他了。

哥哥不是不在了，哥哥在每一处。我们呼吸的空气，拧开的自来水，静静靠在墙边的沙发，默然立在柜子上的电视机，一抬头看到的天花板，或者门背后，都是他。他无处不在，他无时不在。甚至他的单人床，好像他还坐在那里，好像又回到我刚得知他生病的那天。我一回来冲进家门就叫哥哥，他居然反常地坐在床上。我问他怎么了，他说他病了，医生说躺上四十天就会好的。他的头发莫名其妙卷了起来，我说你烫头了？他说我哪有时间烫头。我摸摸他的头发，他苍白木然地甩开了。以前他不会。他看大部头的书，厚得令我望而生畏，《三国演义》《水浒传》。我问他看得完啊？他说是的。我说一个字一个字看啊？他说是的。我把他的头发用橡皮筋扎起来，扎了三个，冲着天空开出三朵喇叭花。他眼睛依然盯着书，伸手一个一个扯下来，我又扎。他在学日本电影留长头发。

我想回到过去，让过去重新开始。他没有淋雨，没有感冒，没有因此引发急性肾炎。生病住院的时候，他没有帮护士拖楼梯，帮同病室的老人打饭，他一直老老实实地躺着，直到身体自愈。急性肾炎躺上一个月是可以自愈的。我们获得了这个知识，又多了一重后悔。

反复地后悔。

每一个细节都可能是致他死命的转捩点，每一个细节都让人后悔。层层叠叠的后悔令我们不堪重负。还有他住在114军医院的主治医师，据说要复员转业回老家了，对工作对病人心不在焉。他来巡房，问起哥哥的病情，妈妈给他描述尿液的颜色，好像有血。他问留了没有，歪头往床下看。妈妈把痰盂拿出来，他似乎想认真看的，但又忍不住嫌弃扭过了头。我记得妈妈急切的信赖的表情，记得他的不耐烦。要是当时换一个主治医师就好了。那时候不会有医患纠纷，病人和家属都非常信赖医生。后来上海来了专家会诊，说青春发育期的孩子在长身体，急需营养，不能给哥哥断蛋白质，要不然身体更虚，更加不易恢复。哥哥已经吃了一个多月的稀饭了，还不准吃盐，嘴里淡得很。现在终于可以吃了。

母亲买了鸡，在鸡肚子里塞了草药，炖给他吃。他和母亲笑道："哎哟，上海专家怎么不早点来啊，饿了我这么久。"

他还感冒了。护士推他去体检，病房没有预热就给他脱了衣服，他说觉得冷，已经来不及了，如此又雪上加霜。

人陷在细节的回忆里，内因外因地分析，内因外因地后悔和责怪，要是哪一点及时注意，要是哪一个问题没有发生，哥哥就不会离开我们了。

1983年，中秋节，病人们都回家过节了，病房只剩他一个。太冷清孤单了，他去了外公家。他走走歇歇，终于到了。外公一个人在家。如果不走那么大一段路，病情是不是会好转？总归不会恶化为急性肾衰竭、尿毒症。他的病房离二姨家只有几百米，二姨为什么不邀请他去过节？他宁愿忍受那么长的路，也不愿意厚着脸皮去敲二姨家的门，为什么？二姨和妈妈之间有矛盾，哥哥在维护妈妈？表姐蓉蓉和哥哥是外婆带大的，感情一向很好，她为什么不给他送晚饭陪他聊聊天，她要维护她的妈妈？

二姨、外公、父母，还有表姐，对哥哥缺乏体贴——经过多年反反复复的回忆和思索，我得出了这个结论。一个马上就要十六周岁的男孩，无论身体、意志还是情感，都应该是强壮的，他们都这么认为？

1983年，中秋节还不是法定节日，不放假。我的中学为住校生举办了中秋节活动，我们简单地在操场边的梧桐树上张灯结彩搞了一个灯谜晚会。我并不快乐，我到校的第一天就不快乐。我假装快乐。集体生活是需要假装快乐的，至少不能悲伤。我是初一年级的新生，和初二初三的学生住在一起，我莫名地要求自己懂事，配合大家快乐。

那夜，哥哥自我感觉身体不错，还被男娃儿家生个病睡几天就好了的论调糊弄了。那在病房所感到的孤寂，一定蔓延到了贵阳街上，蔓延到了外公家。外公一个人在家也冷冷清清的。

我们后来用冷清惩罚自己。

我们为什么理所当然地认为他就是强壮的？

我做梦了。梦见我被同学欺负了，哥哥来帮我。他穿了一件红色T-shirt，布袋一样挂在身上。他太单薄太虚弱了，像是落叶，风一吹，差点飘起来。我还梦见他没有去世，总有人告诉我他在哪里，我跋山涉水去找他。有一回还是四姑爹告诉我的，哥哥没有死，是转院了，他会带我去找他的。可是去找哥哥的时候，我依然独自一人。我走在高入云霄的山冈上，四周都是雾，昏暗，还有稀稀落落的行人。我终于在山顶上找到了那所房子。我走进去，看到哥哥坐在病床上，拥着被子，他的脸苍白木然。我欣喜地对他说："哥哥，我找到你了。"他不回答。他冷漠，带点不耐烦。我摸摸他的头，他别开了。这个梦境不断重复。

悲伤无时不在，无处不在。白天，一个小小的由头会让我眼泪奔流，心软得像是一摊水。夜间，一个突然的寒战会把我从梦中打醒，眼睛忽地睁开，望着无边无际的漆黑，没有一点恐惧。我不怕鬼了，我还期望哥哥变成鬼来看我。有鬼吗？有鬼的话，你变成鬼来看看我啊。我的床位在窗下，我趴在窗口往外看。我听到他叫我，风吹着学校围墙外的杨树哗哗响，哥哥的声音混在其中，我听到他叫我，妹……妹……妹妹……我常常听到他叫我，一直到读大学。我走在路上，猛然回头找这个声音。

悲伤在重复了，半夜骤然惊醒，我的眼泪遽然滑落，我大口大口呼吸着。我出生在哥哥和妹妹之间，就是我的命运吗？

我梦见有人拿着儿童玩具冲锋枪朝妹妹扫射，枪口喷出来的火焰是电光的，伤不了她。可是她依然痛苦万状，叫我："姐姐，姐姐，我什么时候能出去？"

害羞的感觉也回来了，别人家都好好的，为什么我家总是遭遇不幸？悲伤随时随地突袭我，让我蹲在街边失声痛哭。

无处不在的悲伤在重复。

事情很快会过去的，时间会冲淡一切的，这句话也是二十四年前哥哥去世时候我对自己说过的。

二十四年前，母亲推窗对我莞尔一笑，说道："你回来了？"

这一笑，让我惴惴不安的心顷刻变得欢欣，妈妈好了，她从丧子之痛中恢复过来了。我雀跃着，朝家里奔去。

我吃过了妈妈准备的午饭，收拾了厨房，在自己房间做作业。一阵从丹田之底爆发的恸哭在客厅响起，撕心裂肺，肝肠寸断。这是压制了却没有压制住的哀号。我抬头望向窗外，两个小时前，母亲正从这里推窗朝我微笑，让我的内心安顿了。

我蹲着仰望着盘腿坐在沙发上的妈妈："妈妈，不哭啊。"我拍着她的腿，一遍一遍地重复着不哭不哭。我找不到任何安慰的话。我递给她毛巾，她的泪怎么都擦不干。我等着她自己好起来。她好不起来，人哭昏了，我扶她上床休息。

第五章

那是一顿丰盛却索然无味的年夜饭，在被打扮成热情洋溢的热带风情的水岸酒家包厢里，众人勉强振作出一副过年的精神。妹妹在她那身紧绷绷的名牌职业装后撑出容光焕发的笑容。父母有些担忧，又有点置身事外，缺少了作为总经理父母的慈爱。他们拿出妹妹事先交给他们的红包，一一发给妹妹公司的员工，祝贺大家新年快乐，大年夜也要加班，辛苦了。菜上齐后，众人按照常规礼节相互敬酒。一切都有点僵硬。

妹妹其实挺孤独的，我们都不太支持她，对她做的事总是抱着不相信的态度。

我也很孤独。我已经安于不像一个姐姐了，穿着随意邋遢，母亲说我的衣裤给她做抹布她也嫌弃的。

只有小外甥的满心欢喜是真的。有一个长得可爱又天生快乐的孩子调剂气氛，大家轻松多了。每个人都很喜欢他。他对亲吻和拥抱有着符合礼仪的距离，头伸过去让人蜻蜓点水一下，赶紧缩回来；或者张开双臂和人贴一贴赶紧松开。

吃完年夜饭，冰雕节开幕时间到了。我和外甥从侧门钻入冰雕展室内。冰是从遥远的黑龙江走了海运又走陆运运来的，黑龙江的冰雕师傅环绕篮球场做了三米高的长城，城墙上可以滑雪橇。如此巨大的冰块砌成的冰雕，在地处西南边陲气候温暖的贵阳是见不到的，这里最多下几公分厚的凝冻。我站在冰长城前，对妹妹彻底信服了。这是一个奇思妙想的项目，她要发财了。年夜饭的尴尬和担忧一扫而空，我兴奋了起来。

我抱了小外甥坐进雪橇。工作人员一放手，雪橇沿着冰道滑出去，速度堪比过山车，我被吓得连连尖叫。小外甥则被我的尖叫吓得噤若寒蝉。冰道的距离有一圈篮球场那么长，完全满足了猎奇的快乐。过度的兴奋带来了疲累感，我气喘不止。我问小外甥还要再坐一遍吗，他说不要了，我受够你了，我耳朵都要聋了。而且这里的冬天太寒冷了，简直像是在南极洲。啊，你太聪明了，我们是差不多在南极洲，我回答他。室内零下二十多度，我也感觉双臂寒冷，手指发僵。但我想要看完每一个冰雕，小外甥不愿意。我还以为他会怀着儿童大惊小怪的好奇心去触碰每一块冰砖每一堵冰墙呢。我为了激发他的兴趣和骄傲感，告诉他这个会让贵阳人感到稀奇的冰雕展是他妈妈参与策划协办的，不好好感受一下吗？他不以为意，嘟着嘴，嚷着很冷，站在原地不动，我只好草草扫了几眼冰雕作品离开了。

门口购票参观的队伍蜿蜒了五百米，像条懒洋洋的蛇拖到了公园外。妹妹一心要赚钱，这回可以如愿了，所有人也将对她刮目相看了。这个项目可以搞成一个固定的春节节目。

我们在公园门口售票处等着父母。有人在吵闹，声音越来越响，冰雕展门票没有税务公章，不符合法律法规要求，不能报销。

"这个是卖白条，给我们一张白纸就收钱，违法的。"有人嚷道。

"哪里是给白纸就收钱？有冰雕给你们看的。"妹妹和众人解释着。

大门另一侧是主办方的冰雕展售票点，那几个人望着妹妹这边的吵闹窃窃私语，偷笑着。售票不统一，管理混乱，貌合神离，不像是寻求共赢合作干正事的，有乌合之众嫌疑。

3月，妹妹被主办方告上法庭，她没有完成合同要求销售门票一万张的目标；5月，妹妹被判处赔偿主办方五十四万元；7月，妹妹被抓。民事合同案被搞成了刑事案。

这个案子是不成立的，妹妹没有拿到合法门票。原告先违约了，应该原告赔付妹妹五十四万。

是的，还有税务局为什么不管？

门票不符合国家税务局规定的《发票管理办法》，这是严重的偷逃税违法案件。法官应该可以直接引用发票管理办法，但是一审二审都对此视而不见。我只能开具证明让律师当庭辩护了。

我又回到了热情洋溢有着歌舞表演的水岸酒家，请税务局王局长吃饭，是清表弟通过上一级领导把他约来的。来的还有那个已经见过一面的童科长，那一面他看在我初中同学的面子上，收了我一条软中华。诸事必须按照某种特定的潜规则运作，即使我在做一件正当合法的事。这就是求人办事。人世间有很多无奈，他们也有他们的无奈，他们抹不开情面，不得不接受我送礼请客吃饭。我们都是战战兢兢的贿赂的合谋者。

我点了满桌子的菜。请客吃饭并不是为了请客吃饭，是要表达求人办事的诚意。王局长终于如约而来，带着童科长和他的司机，我松了一口气。他一进来，扫了一眼酒和菜，就垂下了眼皮。我正想和他打个招呼，他直接和清表弟聊了起来。从头至尾，他和我没有任何眼神交流。他善于言辞，侃侃而谈，说了很多人生大道理，从儒释道一直讲到了霍布斯的自由主义。我震惊于他知识的广博，以及他读了这么多书，居然干税务。

"人除了一身的缺点，什么都没有，要多反省自己。"王局长说着，言行举止懒洋洋的，始终垂着眼皮。他讲话都是弦外之音，妹妹的性格问题很大，贪，才会与人合作搞冰雕展；又争强好胜，得罪了人，所以被构陷，不仅竹篮打水一场空，还要倒赔五十四万。凡事要多从自己身上找原因，不要给别人惹麻烦。他应该听到了什么小道消息。妹妹现在关在看守所，别人说什么都是对的，只要拿到证明就好了。我唯唯诺诺附和着他的意见。

他刚往嘴里塞了一支烟，寻找打火机的眼皮还没有抬起来，童科长就赶紧站起来帮他把烟点了。我递烟给他，他才接过去，童科长也能立即站起来把烟点了，动作非常迅捷，没有人可以抢夺这个工作。他喝酒抽烟，只动了几筷子的菜。这些昂贵的菜只是表达诚意的摆设。

冰雕展门票不合法的证明没有拿到。我再也没法在办公室找到他们了，他们一直躲着我。王局长说出那些话，我就该知道他不想开证明；或者说，他不想有法必依、执法必严而卷入这一案件。这是要得罪人的。

主办方是一个十分神秘的人物，戴红，女，非贵阳本地人，网络通缉逃犯，撺掇了好几个厉害的部门协助她印制出售非法门票、判定妹妹赔付五十四万等。虽然她已经失踪，但是她作为原告依然完好无损地存在着，法庭依然开庭继续审理这起案子。她有委托律师。找到委托律师就可以找到她，我给游警官出着主意。游警官回答我，我也希望这么简单。

在我和清表弟所做的诸多无用功之中，请王局长吃饭算一个。花钱，花精力和时间，仔细揣摩他的弦外之音，非常累，非常耗神。王局长将商业活动简单定性为"贪"，将他职责范围内的法律事件推诿为一件因妹妹的性格缺陷而应该自食其果的道德事件，让我感觉事情极其复杂。

囿于更高层的关系邀请他，他不来不方便，不来也会得罪人，来了，只能这么讲话。这件事，他不管怎么做，都会得罪人。人情社会令我不择手段，我们都在人情社会中受困。

我开始写帖子。网络世界很方便，过了一个小时，我就向整个世界宣告了我的屈辱。我思如泉涌，痛骂不作为的税务官。我机敏而思辨的语言在我十指间井喷。我清醒地认识到写帖子只有发泄的作用，我将自己提高到思考的程度，尽力理智地梳理整个事情。

整个网络世界只有寥寥数人回复了我的愤怒，其中一个人写道：不给人办事还吃人家的饭，的确过分。

我不知道如何回复这句话，我当时满怀忧虑担心他们不来吃这顿饭。那可怜的点击率和回复，没法消除我所经历的屈辱。

我童年住的平房在小山脚下，妈妈沿山开垦了一个小小的菜园子，种了蔬菜，也种了很多花：蜡梅花，芙蓉花，无花果，牡丹花，芍药花，月季花，大丽菊，茑萝，夜来香，旱金莲。还养了很多动物：狗，猫，鹅，鸡，兔子。砌了池子养金鱼，眼泡很大的那种。爸爸从乡下给她带来了鹦鹉，也有画眉和八哥。我们家里海陆空全齐了。

妈妈忙不过来，她交给了我扯草的任务。每天下课，我拎上小篮子，去试验田那边的草地上扯花生草。那里的草长得十分茂盛，我一把一把地扯，直到装满整个篮子。有时候我会带了课本去背书，一本课本都会背下来。有一次我踩滑了，从坡坎上滚下来，滚到了水沟里。我的头发和脸沾满了泥水。我哇啦哇啦地大哭，所有的忧虑一起涌到我的心头。我穿的是一件蓝色的灯芯绒小背心，妈妈去上海出差的时候给我买回来的。小背心的右下角绣了一只白色的大象，大象的鼻子牵着一个红色的气球飘在左上胸。我心疼衣服，心疼扯了半篮子的草，鼻息边的恶臭令我作呕。我还被小朋友们嘲笑了，我大哭，他们大笑。我是和小朋友们比赛跑步的时候踩滑的，我跑得太快了，第一名，我扭头看身后的小朋友，失去了重心，滚落到了沟渠里。我是一个贪玩的小姑娘，我看到小朋友们在赛跑，挎着篮子加入了赛跑的队伍。我顶着满脸的泥浆，大哭着，捡回篮子，在小朋友们的笑声中回家了。我的争强好胜受到了严重的挫折。

妹妹的出生肯定带给了我焦虑和失落感。我有记忆始，就睡在了小房间，这个小房间原本是设计为厨房用的。妹妹这个小婴儿一出生，我可能就挪窝了，挪到了外面，由哥哥来照顾了。我们家一直提倡"大的带小的"，我们家这个教育非常成功，哥哥"兢兢业业"地带我，我"兢兢业业"地带妹妹。基本上，它没有权利，只有责任，承担全部错误的责任。我做错了，罪责是哥哥背。妹妹做错，罪责是我背。头脑还天真的犯错者常常置身事外优哉游哉，而责任人在恼怒地承当着本不该由他反省的错误。大家开始思维混乱。

我睡在大房间的记忆有三次，是我生病了父母法外开恩把妹妹挪出去让我挨着他们享受一下温暖以便早日康复。

这套房子是农科院修建给年轻夫妇的过渡平房，大房间十分宽敞，放了大衣柜，放了双人床，放了写字台——这些家具都是敦敦实实的实木家具，又厚又重又宽大，是爷爷给他们打造的——还有空间给我们做游戏。客人来了，也是在这里招待。

小房间是厨房。父母在小房间外搭建了和大房间一样宽敞的屋子，用来做厨房和餐厅，小房间就用来做哥哥的卧室了。

我是在这套平房里出生的。从我有记忆开始，我就睡在外面的小房间了。我被挪出来的时候，一定十分不愿意，我的幺儿地位被妹妹取代了。但也可能过渡得很好，因为哥哥很会哄我。

妈妈说生我的时候我很着急，她正在织毛衣，突然阵痛，赶紧找人，医务室的医生才进家，我就自己滑出产道了。她的肚子还被毛衣针扎了一个洞，这点疼痛太小了，完全被她忽略了。但我的想象力只及毛衣针，我觉得毛衣针扎出来的洞让人更疼。当她笑道还是医生发现并拔下来的时候，我不禁颤抖了一下。

本来大家以为我是一个男孩，从怀孕肚子的形状看，确定无疑是一个男孩。可中途换了性别，变成一个女孩子出来了。

我在幼儿时期渴望关注却没有得到及时回应，尤其可恶的是，所有关注全部被妹妹吸引了去；还被要求懂事一点照顾妹妹。这种照顾，是模糊不清的。就一起游戏来说，我们应该是相互配合相互照顾的。可当我们发生争执，父母是不分青红皂白责怪大的那一个。我会利用自己妹妹的身份，"害"哥哥被打，妹妹也会如此。我们都无法对此做出明确的反思。

第一次找童科长是涂然带我去的。我没想到我的高中同学托他的初中同学居然托到了涂然这里，我和他本来就是初中同学，我们二十三年没有见面了。涂然办了一个会计师事务所，经常和税务局打交道，据说关系十分地铁，证据一定可以开出来的。

高中同学带着我走进他的办公室，他也才到。他矜持地和我点了点头，对我的高中同学说："你放心去忙你的，你托我的事情放心，我会照办的。我还没有吃早饭，先带她陪我过个早。"高中同学笑道，好的，那么她的午饭也交给你了。

涂然把我带到一家著名的米粉店。我们一坐下来，他就开口问我："陈丽，以前我对你没有做什么嘛，你怎么去告孙伯妈呢？"

我又震惊又好笑，二十三年后再见面，他第一句话居然是责备我当年对他所犯下的错误，可见这件事情对他多么重要。他除了个子高了，一副成年人的样子，其他没有什么变化。当年读书时候的情绪翻江倒海涌上来。

我们被抓了恋爱典型，这是我们班首例恋爱典型。

孙伯妈是我们的政治老师，也是我们的班主任。这个绰号是男同学取的，符合孙老师外表刻板、主观上又想要显得亲切然而十分欠缺的形象。她是一个以严厉而著称的班主任。

孙伯妈说，没想到班上最小的两个学生最先恋爱。我们没有恋爱。我和涂然没有说过一句话，事情怎么发生的，我不知道。

我感觉到了难以言传又难以忍受的压抑气氛，同学们突然对我改变了态度，泼辣的女同学常常莫名其妙恶狠狠地说我："学习好不代表思想好。"这毫无来由的敌意让我惊慌。这样的女同学不是一个两个，当她们成群结队的时候，我只好赶紧逃走。

我的操行评分也总是"中"。操行评分是班主任负责打的。

思想要"好"，操行评分要达到"良"，这两项我都无从下手。如何改变同学和老师对我的印象让他们对我评价好一些？

语文英文要好，使劲背就是；数学要好，使劲做题。思想怎么好呢？使劲背政治？我在政治课上正襟危坐，认真听讲。作业使劲抄书，一道题抄去半页，五道题抄得我手指头疼，那是最浪费纸张笔墨的作业了。可是每道题依然被画半对的勾，总评分也永远是一个硕大的"中"字，位居作业本正中央，"中"字下再加两道横杠。

我对照得"优"的同学的作业本，我不仅抄得和她一样，还比她多抄了两个自然段。我只能沮丧地得出班主任老师喜欢她不喜欢我的结论。我没法讨好班主任，也不敢拿作业本去请教班主任，这是尴尬的。为什么感觉到的是尴尬，而不是不懂就向老师请教的谦虚认真？我向物理老师、数学老师、英语老师、生物老师和地理老师都请教过问题，唯独没有请教过班主任问题。我的意识中应该没有把政治课当回事，何况答案是那么地明显，照着课文抄就可以了。我很老实也很诚实，我没有怀疑自己，我怀疑的是老师。我全副心思都在学习上，可始终得不到高分。

这是一个带刺的环境，我感到格格不入，我缩得紧紧的。整个班级舆论和氛围让我喘不过气来。好在我一心读书，这让我免受了很多痛苦。

"那时候流言蜚语乱传，压力太大了。我回家告诉我妈，我妈让我告诉班主任。"二十三年后面对涂然，我回答了他的疑惑，"同寝室的人说我和你关系很好，很好很好，他们这种故意强调的阴阳怪气的口气我实在受不了。尤其男同学，打饭的时候，要么对着我叫你的名字，要么站在我身后大声地说陈丽和涂然很好很好很好，让我又厌恶又害怕。我甚至想反身给他们一巴掌。那时候太小了，受到这种打扰没法处理，做不到心安理得不理睬。"

我对这件事一直耿耿于怀，初中同学的聚会我从来不参加。毕业多年后，他们提到这件事居然有声有色、兴奋不已，甚至添油加醋伪造情节，说他给我写过情书，说我给他回复了信件。我需要花费一些力气才能克制住自己的愤怒。他们忘记了他们对我的歧视和孤立，这一切百口莫辩、令人厌恶，我多次为此崩溃大哭。现在，那些阴阳怪气换成了回忆学生时代趣事的美好口吻，我没有这么健忘，我一点不愿意对不起自己过去的压抑。这莫须有的早恋罪名还流传到了高中，这件事情一直没有"死"，没有"过去"，始终保持着它丑陋邪恶的生机。我的高中班主任对待我的态度和初中班主任一样令我难受。

一天晚上，寝室就要关门关灯了，涂然和一个男同学从学校指定的晚自习教室赶回宿舍，路过我们班，见灯还开着，非常惊讶，学校管理很严，这几乎是不可能出现的现象。他们走到窗下一探究竟。我和我们班学习成绩一直雄踞第一的女生站在黑板前正演算着数学题，我侧脸笑着，十分乖巧。涂然对男同学说，陈丽长得好乖哦，皮肤又白，我好喜欢啊。回到寝室后，男同学大肆嘲笑他的"我好喜欢啊"。经过男生宿舍几个夜晚的夜聊，事情在所有年级的住校生中传开了。我们那个争强好胜的政治课老师班主任怎么可能允许我们班发生这样的事情呢？

"没有长开是什么样子？"我不禁好奇，我对很多事情始终是迟钝的，至今没有想过女孩子长开和没有长开的问题。我这么问他，好像有点做作，不过的确好奇。我甚至还想问他我现在长开了吗？长开了更好看吗？

"没有长开就是没有长开啊，我是有点早熟。"他笑道。

早熟是什么？就是会议论女生会喜欢女生了吗？我还觉得这样挺好的，是一种敏锐感和觉察力。我挺想听听他夸我小时候的乖，或者夸夸我现在长得漂亮也行，他没有。

为了这句"我好喜欢",我整个六年中学时代都生活在十分压抑的氛围中。不过也挺好的,因为这件事情,没有男同学追求我,或者中午才递给我情书,下午就收了回去。他们会"及时"听到流言蜚语,对我的态度从爱转向鄙视。他们会说我看着很清纯,没想到其实是这样的。我不知道是什么样的,具体的评论我无法得知。

我没有早恋。没有早恋好遗憾啊,而且没有人相信。

人到中年再凝视那六年时间,其实很短,稍纵即逝。我默默体会着十一岁到十七岁这六年发育长大的阶段,身体一天赶着一天发生美好的变化。胸部在跑步的时候不舒服了,妈妈给我戴上文胸了。例假来了,为了买月经带,跑遍了整个花溪街都找不到。其实校门口第一家百货商店就有,我和桂霞太害羞了,不敢开口问,又不认识。身体在发育,脑子却停滞了,被一句"陈丽和涂然好好哦"这样的流言蜚语给卡住了。我一生尴尬拧巴的劲头在那时定了基调。

另外,我对涂然又发出了感叹,和我一生遗憾自己是四环素牙一样,我怎么会把眼睛搞近视了呢?站在教室外可以清楚看到教室那头黑板边的女生,视力跨过了整个教室,清清楚楚看到那么远——多好啊!我在初二的时候戴上了眼镜,坐在了教室的第一排,和一个傻乎乎的男生坐在一起,他时常嫌弃地把背对着我。

我的思维跳跃发散,注意力忽远忽近,忽高忽低。

1984年,初中二年级下学期,涂然转学了,转入一所普通中学。

"我一转学,从此就废了。到了那种中学还有什么用?读书反而会被嘲笑,整天逃学和同学在外游荡。我本来是一个好学生,小学第一名考入了花中,唉……结果废了。我小时候的确有点早熟。"他有点歉疚地说道。

早熟是一个错误的用词，一个孩子自然而然有了某种思想意识和生理的萌动，并不是他的错。

涂然是真名实姓，给他取这个名字的人是一个有很高职务的人，然而我们那个时代盛行暴打，他也概莫能外。班主任刚把他儿子"早恋"的事情汇报给他，他就把儿子暴打了一顿。这种羞辱式教育导致涂然叛逆心加重，逃学，最后不得不转学。我后来假想着另一个解决方式，他要是当着班主任的面赞叹儿子爱心萌动了，那将多好！他在教室外偷偷看了看我，他好奇这个令他儿子"好喜欢"的女生长什么样子。

我并不觉得他有转学的必要，为什么一定要转学呢？他解释说越打越叛逆，父亲管不住他了，只好转学。

我和涂然将往事"对账"清楚以后，请他帮忙联络税务局出证明。很难启齿，但是没有办法。没问题没问题，他的态度很平常，就好像我们是多年保持联络的朋友。他的态度让我十分安心。我们去税务局见到了童科长，童科长满口答应，收下了一条软中华。我心里暗自高兴着，没想到这么顺利。童科长让我们下午再去一趟。

涂然带我吃了一顿丰盛的午饭，我心情愉快，胃口大开。接着又带我去打了一场麻将，三缺一救急。他的牌友们看到我开起了玩笑，问他我是不是他失落一生的初恋。这可能是一个盛行的玩笑，我只能傻笑。牌友们又说，初恋爱而不得终生记挂啊。我记挂你没有？涂然问。我点点头，记挂的吧。我的回答可能很傻，大家又哄然大笑。

我完全不懂麻将，心猿意马地坐在他边上，按照贵阳话说，是给他背风。他赢得酣畅，牌友们又开起了玩笑。我几乎听不懂成人笑话，依然只有傻笑。

涂然性格没变。他过去是一个很聪明的男生，现在也是，反应敏捷，性格外向，爱开玩笑，人来疯，喜欢被关注，哗众取宠。他有一双笑眯眯的眼睛，有一对招风耳，因为这对耳朵，他被取外号叫作涂八戒。他很享受这个外号，别人一叫，他就笑眯了眼睛。如果有人说着"突然"，或者老师在课堂上念着课本里的"突然"，他会有意无意地答应"到！"，引起全班的哄堂大笑。

他的名字在麻友间也像我们中学时一样被关注，总是在呼叫之际有额外的玩笑意味，又被重新呼叫一次。

当我们和牌友告别的时候，他面前的钱堆得有砖头那么高。他们又开玩笑，今天是情场赌场双得意哦。他笑笑。他的亲和性令我羡慕，我问他，你老婆每天都会很开心吧。他说道，结婚了就过日子啊，平平淡淡的，我只把女儿带好了就行。

他给童科长打电话，童科长未接。他还有事情要办，我一路陪他。直到下班，我们都没有联络到童科长。涂然送我回家，一直谈笑风生的脸变得凝重。他说："老童可能明哲保身想脱身了。"

回到家，我给父母说了涂然的事情。我说这件事情还会传回农科院的。第一个寒假放假回家，爸爸一个星期不理我，每回我和他说话，他就掉开头。终于我忍不住了，问他，爸爸，你为什么不和我讲话了？我话还没有说完，就崩溃地哭了。爸爸说，你这么小，居然去学谈恋爱。那是我第一次听到"谈恋爱"这个词，或者是，谈恋爱这个词第一次刺激到我的大脑。这个词如此暧昧不明，听起来都是负面评价。我不懂这个词什么意思，也不懂这个词指向的是我和涂然的事，我满心委屈，只是哭。妈妈知道，妈妈说，她是冤枉的，还是我叫她去告老师的。妈妈说到告老师，我就知道是指涂然了。

父母听我说完，都抿嘴暗笑，我可能把这件事情解释得像一个童话了。我问他们还记得吗？他们都不记得了。是吗？不记得了？后面都是洪水滔天啊！为什么长大了成年了，就觉得童年的事情都是小事呢？还变成了粉色童话了呢？对于小孩子，简直是灭顶之灾啊。

涂然在第二天不接我电话了，三天后他给我发了一个短信：我实在帮不到你，你请一个好律师吧。

每一个必然要打交道的部门，我动用了全部关系去撬动，越是用力，越会感到屈辱，因为每一次得到的都是拒绝的答复。但我依然对一切可能会产生的邪恶舆论保持高度的警惕，我不想妹妹的余生被人议论。

"早恋事件"较之哥哥的死亡，并不算什么。只有听到同学们的议论，我才会难过，它并没有促发我的强迫性回忆。

我只要一静下来，就会回忆哥哥。

每一步都在逼哥哥走向死亡。每一步。本来每一步都可以避免死亡的。我在深夜骤然因为口渴醒来，脑子清醒得可以感受到每一个角落的阴影，没有哥哥，哪里都没有他。我十五岁了，十五岁生日这天，正是高中一年级上学期期末考试。我的生日99%的概率落在考试日，或者反过来，考试日99%的概率落在我的生日这天，1月14日。我小学四年级那次生日也是上学期期末考，九周岁。我考完试故作优哉游哉的样子回到家里，妈妈在清洗被子。我们家已经有洗衣机了，但那时候的洗衣机没有漂洗功能。妈妈看起来腰酸背痛，动作迟缓滞重，在大木盆里晃荡着被单。"你考得怎么样？"

她问我。

"很好。"我回答，"题目很简单，几下子就做出来了。"

"分数出来了才晓得。"她说道，两手提起被单在大木盆里漂了两下，搅得木盆里的水哗啦作响。

我的手揣在裤子荷包里，在她面前走了好几个来回。"今天我生日，你说了要专门给我煮两个鸡蛋的。"我很想提醒母亲，可是最终没有说出来。算了，我讪讪地，转身找同学玩去了。等到吃晚饭的时候，母亲突然大叫："丽丽今天生日，我答应了煮两个鸡蛋给她的，太忙了，忘记了，怪不得她回家来一直绕着我转。"哥哥扑哧笑出来，说道："我记得的。"

"你为什么不提醒我？"母亲问他。

"你太忙了。"哥哥笑道。

高中一年级上学期期末考试结束，我和约定的三个男同学两个女同学坐了两个小时的公交车到家，妈妈已经做好了一桌丰盛的菜。

"你们是能吃的时候，两个辣子鸡不知道够不够。"妈妈说。

"够了够了。"男同学回答。

家里很漂亮，碗碟和菜一样精致。"什么都是小碗小碟的，不敢下筷子，一筷子就夹光了。"同学们开着玩笑，不像他们家里都是大碗大盆的。但是菜式多，做了七八个菜。

这个生日记忆深刻。也如同所有节日一样，热闹和快乐都是做出来的，是表面的。我十五岁了，和哥哥同龄了。等到十六岁，我就该去世了，和哥哥一样。我不可能比哥哥大。我能活下去吗？我能够活过十六岁抵达十七岁吗？我在等候自己的死期，有时候是慌张的，有时候是安静的，有时候是快乐的，因为我死了，就可以见到哥哥了。在鬼界的哥哥是什么样子？也许他已经投胎了，我们将会错开。那我赶紧投生到他已经出生的人家，那么我就比他小十岁了。我们越差越大了，本来我只比他小五岁。我怎么找到他呢？到了鬼界也许会知道。死亡是我们唯一可以相遇的方式，正如我的出生是他成为哥哥的原因一样。

我在复杂的情绪中度过了自己十五岁的生日。母亲是为弥补她心中对哥哥的亏欠，为我过这次生日的。他的同学们说要去医院给他过生日。他已经在重症监护室住了很久。

哥哥孤零零地躺在床上，不理睬我。他望着窗外，出神发愣。窗外是贵阳灰扑扑的、被高楼切割得四四方方的天空。重症监护室布满了仪器，金属色的，也是灰冷的。我悬着腿坐在他对面的小床上看着他，也出神发愣。生龙活虎的哥哥不见了，你要赶紧好起来啊。呆坐久了，我克制不住对那些仪器的好奇，摸了摸悬在半空的按钮。哥哥问，你按了？没有，我赶紧回答。真的没有？真的。那是紫外线杀菌的，你按了，紫外线也会把我们两个当作细菌杀死的，哥哥说着，笑了。他一笑，我也活跃起来了。哥哥还是会说笑话的，我咯咯笑着，说我这么大一个细菌啊。凡是生物，它就杀，不管你是谁，他说。

哥哥要我帮他去医生办公室偷看病历，我去了。没想到妈妈和医生都在办公室，妈妈正仔细听着医生解释哥哥的病。我局促不安地靠近桌子边，偷偷看了半天。我回来给哥哥说："好像有好几种病，写了好几排。我看不懂医生的字，只认识'急性'两个字，急性后面的字我看不清楚，写得太潦草了。"哥哥轻轻咬着牙齿骂了一声"笨蛋"——这声笨蛋和过去的不太一样，爱怜妹妹的口气没有了——随即调开头又望着窗外。我心里惶恐，又解释了一遍医生的字太潦草了，而且妈妈和医生都在办公室，我担心被他们发现我在偷看病历。哥哥没理睬我。

妈妈回来了，哥哥问："妈妈，我是不是要死了，我到底得了什么病？"妈妈哭了，她说："儿子，你不会死的，我会把你治好的。医生说急性肾炎躺上四十几天都会好的。"

妈妈抱着哥哥流泪，眼泪一串接一串的，哥哥也抱着她，也哭了。他说治不好就不治了，要花好多钱。他已经转了好几家医院了。

生病是让人不耐烦的，要在家和医院之间奔波。

妈妈的肺结核发作了，爸爸的胃病也开始作怪，星期六和星期日由我照看哥哥。我并不能做什么，只是坐在他对面的小床上看着他。他突然说想吐，要我把床底下的痰盂拿出来给他。我拿出来接住了，一边拍着他的背一边恶心、干呕。他说你怎么一点出息都没有？他吐完，说还是去厕所吧，还想吐。我扶着他起来，送他去卫生间。他十六周岁还不到，还在长个子呢，即使在医院躺着，也高了一大截，我扶不住他。我只能作为一根拐棍被他挂着了。我随着他蹒跚的步伐左右摇摆，晃晃悠悠地把他送到厕所边，他扶着墙走了进去。

我等了好久，他一直不出来，也听不到任何声音。我在外面着急，怕他昏倒。我跑到女厕所，跳起来想看过去，可是我太矮了。我拍着木板墙壁喊，哥哥，哥哥，你怎么样了啊。他不回答。我又跑回来，在男厕所门前缩头缩脑地张望，叫着他。他终于出来了，无力地说：你喊什么喊，好不好意思。

他回到床上依然对着窗外出神，偶然想起来什么，回头对我说：妹，你要好好读书。我点点头。他说，你读书好，爸爸妈妈就高兴。我又点点头。他说你要听话，要让着妹妹。

妹妹跑哪里去了？他问。我才想起来，妹妹这一下午不知道哪里去了。我去找妹妹，楼上楼下地绕，迷路了。我不想找她了，我想回哥哥的病房。我看到一个长长的斜坡从二楼直伸下来，我走了上去。我猜测这个斜坡可能是方便坐轮椅的病人的，走上去也许可以走到哥哥的病房。楼道越来越暗，暗得像是一个预兆。我怕了，心很紧，我退了出来。我跑了下来，老老实实找楼梯回到哥哥的病房。哥哥说妹妹已经回来过了，她在护士那里，现在又去了。妹妹每到什么地方都会交上新朋友。

哥哥十六岁的生日到了，恰好在周日，他的同学们说好了要来给他庆贺。他很久没有这么高兴了，简直兴奋不已。他讲究的，挑挑选选，换了两次衣服。这件不好看，那件也有问题。他终于穿上了一件，问我他看起来胖不胖，穿太多了是不是显得臃肿。他低头看看自己，觉得不利索，蹦了两下，还是蹦不直裤缝，里面穿了棉毛裤，被撑住了。我说不怕，你生病了，大家都知道。病恹恹的难看，他说，要穿得精神一些。我说你还是穿那件灰色的灯芯绒夹克吧，他接受了。我说穿这件像空军，他同意。

他穿好了衣服躺回床上，他现在老实极了，不动了。他说好好休息，同学们来了要玩的。我说你不怕累的吧，不要紧吧？他说不要紧的，就一天。我们十点钟开始等他的同学，他说他们应该十点过来。十二点，他说，他们不过来吃午饭吗？两点，他说他们难道下午才来？四点，他说他们可能不会来了。他因为兴奋而晶亮的眼神在等待中慢慢变灰变暗。六点，他彻底失望了，他脱下那件夹克衫，重新套上两件厚厚的毛衣。

后来，我才知道，星星姐给同学们说哥哥病重，医生警告不能感冒不能劳累，万一谁带了病菌给他呢，大家不要去打扰他了。我讨厌她的自作主张。

几天后，同学们送哥哥的生日礼物被妈妈带来了，一大摞笔记本和几支钢笔，笔记本上写着同学们的祝福。还有一只口琴，琴盒盖子里面写着：陈璇，祝你生日快乐，早日康复。

那天周六，我们在家吃了晚饭又去医院，哥哥已经转入普通病房了。转入普通病房，是要恢复健康出院了，我是这么认为的。家里有一个病人是很麻烦的，以前是妈妈，现在是哥哥。妈妈病了我不怕，有爸爸和哥哥。哥哥病了，我一点快乐都没有了。

病房住了六个病人，每个病人又有一堆探病的亲戚朋友，很吵。哥哥在病床上辗转反侧，十分不舒服，没有一个姿势能安顿他。他的手臂伸进伸出，摇晃着呻吟着。妈妈问：哪里不好？他说胃。妈妈找医生，医生给了她几片药。妈妈端水给哥哥，哥哥皱眉说不想喝，喝不下。妈妈说喝下去就好了。哥哥欠身勉强喝了下去。哥哥很烦躁，对我说你不要总是这么不懂事，你要好好听爸妈的话。我站到了门边，离他远一点，免得他烦。妈妈说，哥哥今天不舒服，我们早点回家让他好好休息吧。

第二天，哥哥的噩耗传来。半夜医院打来电话，妈妈爸爸赶到医院，哥哥已经陷入深度昏迷。她喊着哥哥，喊了很久，哥哥才终于睁开眼睛，叫了声妈妈，又昏迷过去，再也没有醒过来。

我彻底孤单了。平时我孤悬在遥远的花溪，身处一个让我紧张的环境；周末回家，找不到哥哥了。

我们家有一个黑黢黢的大洞。我们一直生活在1983年。我没有能力领着妈妈走得更远。爸爸也不能。

第六章

世界开始恍惚了，空气中渐渐滋长出一层薄雾，黏厚的质地让物象扭曲，还散发出忧伤悲苦的气味。是什么让一切失真的？真实的东西被哥哥带走了。让一切尽快过去吧，时间会冲淡一切。我埋头书本，复习功课，做题，和同学们正常地说笑闲谈，一切都是正常的。但脑中会闪过哥哥的影子让一切骤然切断，"突然"对我来说是一个丝毫不"突然"的词了。我随时在"突然"。我"突然"发呆，"突然"想哭，"突然"想对他们说滚开，"突然"想挖他们的脸、给他们几巴掌，那会多么痛快啊。

第一周过去了，第二周过去了，时间快点过去吧，让这三年快点过去，家里会忘记哥哥，我会离开这个是非之地到贵阳一中读高中，永远离开这里，永不回头。

"陈丽，孙老师叫你。"有人叫我，我抬头，看到孙老师站在教室外和几个班干部说话。我放下正在做的习题，走出教室。"下了课你到我家里来一趟。"孙老师扭头对我说完，继续和其他同学交代着班上的事情。

好的，我答应着。会有什么事情呢？

她家住在我们教室后一条长长的平房的头上。她是很会为自己以及集体争取利益的人，她为我们班争取的教室是初中楼最明亮的。我们是初一（1）班。（4）班的教室面朝山脚，终年晒不到阳光，潮湿阴冷，地板渗水，他们十分不满，要求每学期换一次教室，可是从来没有实施过。他们责怪班主任无能。他们的班主任是我们的书法老师，一个学究气很重的中年男人。每到周五下午的书法课，他总是昂首挺胸地端着笔墨纸砚走进教室。他将文房四宝毕恭毕敬地在桌面上铺好，威武地横扫我们一眼，一种古老的气息就在教室中孕育出来了。然而我们对书法课很不以为然。他对我们的不以为然是接受的，并不逼迫我们，对迟到旷课的同学也从来不多言一句，更不要说惩罚了。他的尊严感来自书法，他尊重书法或者他的职业，其他的，我就看不出来他在乎不在乎了。我想他没法在乎这些不在乎他和他的课程的学生。至今想来，这种将各种事物仔细划分归类的态度，可以免去忍受很多难堪和痛苦。

　　下课了，校园的广播准时播放音乐："我们的家乡，在希望的田野上……"学校的高音喇叭总是生造出快乐又滑稽的氛围，食堂难吃的饭菜都不值一提了。而广播时间结束，校园骤然进入午休时间，被喇叭压制住的困倦和寂寞涌上来，内心的各种声音开始喧嚣。我一直无法午睡，也一直没有弄清我睡眠失调的原因。

　　我来到班主任家，班主任望着我，脸色凝重，她问我，你哥哥去世了？我心里一惊，这个消息传到学校了？我想忘记这件事，我不想任何人知道这件事，我居然笑了笑，点点头，答道，是的，去世了。怎么去世的？肾衰竭。你没什么吧？我又点点头。她这样问问题，我只能点点头。即使我现在已经年近半百，我也想不出更好的答案，也理解了她当时无法更有技巧地问问题。她想要关心我。

她皱着眉，她一向都皱着眉。她那严厉深邃审视的目光在我的脸上搜寻，我平静而坚强地迎接着。你去吧，她说。我转身，走出她家，眼泪冲决而出。

寝室的同学也知道了："你真沉得住气，一点看不出你家里出事了。"她们说。

是吗？为什么要表现出来？我希望这件事情无声无息地被淡忘，尽快地被淡忘。我没法吃肉了，我看着碗里的肉，感觉是哥哥的肉，是人肉，我放下碗干呕起来。每一个同学们馋涎的美食，都可以让我的胃翻滚。我的食欲不见了。我开始和自己的胃说话，开始面对一些不明所以的恐惧和恶心。

"孙老师知道我哥哥的事情了，同学们也都知道了。"我对桂霞说。

"是我说的。"桂霞回答。

"你好多嘴哦，你为什么说出去。"我当即吼道。

桂霞是我的好朋友，也是我的竞争对象。我小学升初中暨毕业考试只比她低 0.5 分，她荣登第一名，我屈居第二。这件事情让我耿耿于怀。如果她比我高出 10 分，大概我就会甘拜下风的。我们一起进入这所中学并在同一个班之后，她总是位列前三，我只能进入前五。偶尔一次我进入第三了，她又荣登第一。我超不过她，连咬都咬不住她了，新同学作为新的刻度插入了我们之间，我显得更差了。我和她的差距不止是 0.5 分。

我很勤奋，但是她让我意识到勤奋比起天赋来，没有什么用。同样的公式运用，不管如何变换形式，她都可以解出来。我的大脑没有这样的灵活性。她做题又快又好，我常常在抓耳挠腮的时候，她已经做好了。她背书也比我快，她很安静。她又聪明又安静，无论是下死功夫还是用智，都远远胜过我。她的分数总比我高。可是任何人都说我比她聪明，她只是勤奋。人们如此颠倒，我常常要为此辩解。这件事情的真相只有我知道。我只不过拥有一双亮汪汪的大眼睛和高高的额头，显得聪明而已，我已经不为自己的外表感到骄傲了。在我到了恋爱婚配的年龄，每当男人说看我的眼睛就知道我很聪明的时候，我不仅丝毫不为这样的话蒙蔽，还觉得这样的恭维很可笑。

我一直和桂霞明争暗斗。课后她请教老师，我必然跟着去听。她性格温和，至多对我翻翻眼皮。唯一的一次，她目的明确地企图甩开我。越是如此，我越要听听到底是什么不得了的问题让她如此神秘。我和她一起长大，有着足够的情谊可以冒犯她，我跟着来到了教室外的走廊上，她没法直言让我走，而物理老师也失去耐心了，让她有问题直接问。她把背对着我，我依然绕过去正面对着她和老师。她只好对物理老师说道："平均速度包括物体运动的整个时间段，所以停下来静止的时间也应该算进去。"

物理老师恍然大悟，从上衣口袋里抽出红笔把这道改错的题画勾，翻到卷首把分数加了上去，97分。这是一道大题。那我们算对的岂不都错了吗？我的分数要降10分了。我等着第二天上课时老师重新讲解、纠正题目，老师没有。

她的作文我也要看。她不准，我一把抓了作文本就跑。她满教室追我。她一向安静，这回反应这么强烈，肯定得了高分，写了什么了不起的东西。我迅速翻越课桌，飞快跑过走廊，一直跑到（4）班教室的后面。我站在高高的堡坎下读着她写的周记。

现在科技发达了，可是很多奇怪的病也出现了，我一位非常好的哥哥得了怪病，不到三个月去世了。我长大后要做医生，了解医学，为人治病。

堡坎的石头缝里长满了绿茵茵的青苔，山上的树投射下摇曳的影子，我在清凉的风中喘着粗气读着桂霞的周记，眼泪缓缓升上来。我该怎么把周记本还给她呢？

桂霞的父亲是军人，十六岁参军离开贵州，曾到朝鲜打战，后任保定某部队的团长，在北方娶妻生子。在桂霞读小学二年级的时候，他才挈妇将雏鬓有丝地回到贵州，任妈妈所在旱粮所的书记。

我们的父母是好朋友，我们小孩子也是好朋友，我们两家经常在节假日聚会。他们带来了很多北方新奇的信息。桂霞给我形容北方的平原，我无法想象。一马平川？无论马如何奔腾驰骋在平原上，尽头肯定会矗立着一座山。我没法想象平原的天际线。她家在回到贵州之前，举家到北京旅游了一次。她提到北京百货大楼比贵阳百货大楼大几倍，至于百货大楼里的电动扶梯，贵阳还没有呢。桂霞姐姐桂芳的黄色小白碎花连衣大喇叭裙就是在北京买的，她一旋转，裙摆撑开成一朵盛开的喇叭花，她坐下去，裙摆平整地铺在地上，令人惊慕不已。

桂霞妈妈教妈妈做馒头，妈妈始终学不会，只把饺子做好了。她是一个非常善良的人，爱哭，见到小孩子被狗咬了，流了半个下午的泪。哥哥去世那天，她站在我家厨房的门后嘤嘤哭着，像是孩子。她的这个举止，我要到成年后才能理解。她要陪着母亲，可是她又控制不住自己，只好躲在厨房门后哽咽抽泣。

我和桂霞怎么疏远的？是我的争强好胜让她远离我的，我对她永远只展现性格中极富侵犯性的一面。她善良敏感纤弱，这点我深知；但她性子太慢，让我不耐烦。每次上街，她在各个小吃摊位前徘徊，大眼睛紧盯着锅碗瓢盆，挨个挨个看过去，嫌脏。她嫌脏的表情也是娴雅的。她让我没法享受街头小吃，和她上街令人生气。我们对彼此太熟悉了，我们儿时的生活完全是敞开的，我任性好胜，从我家一直弥漫到她家，我的哥哥和她的姐姐们，都纵容我。

她很得班主任的厚爱，好几次去班主任家吃饭。我想知道吃饭的细节，以及班主任如何厚待她。我什么都想知道，她什么都不说。她性格内向，把自己藏了起来。每周六一放学，我根本等不及吃午饭就要回家。她呢，说是姑妈不放心，要带她一起回去，我只好跟着她去她姑妈家。她姑妈要求吃了午饭再回去，可她早上的工作还没有做完，等她做完，已经一点了。我们吃完饭，将近两点才出门。她的姑妈又矮又胖，走路一步三摇，我急不可耐，忍不住嘟起了嘴。她姑妈说我性子急，不好。她这么说，我更加冲在了前头。她姑妈家在花溪的那头，而我们学校在靠近车站的这头，所以到车站，又要折返回来路过学校。我看到学校大门都快要气晕了。我开始还有所顾忌，毕竟她姑妈是长辈。等我发觉她姑妈走路这么笨拙缓慢，我无法克制自己的怒气了，我愤愤地唠叨不止，发誓再也不和桂霞一起回家了。我为了她的姑妈，浪费了整个下午的时间。

我们性格如此不合，她和我在一起备受指责、抱怨，而我根本不知道自己在指责、抱怨她。她从小到大都是惹不起躲得起的脾气。惹不起躲得起这个词还是我从她这里听来的呢，她是用普通话说的。一天，她和我妈妈倾诉一件不公平的事情，双手一拍，说道，我惹不起还躲不起吗？她这个动作老练极了，不像是小学二年级的学生，这个动作是从大人那里学来的吧。她很少有倾诉欲和这种举止，那天妈妈让她放松敞开了。她们四姐妹都很喜欢妈妈。不到半年时间，她和她的其他两个姐妹，从听不懂贵阳话到学会了说一口地道的贵阳话。她的大姐因为已经读高中了，口音难改，贵阳话一直南腔北调的。

升入高中，我们初中的（1）班原封不动成为高一（1）班，桂霞也在其中，我掉了出来。我没有成功转入贵阳一中，而比转学更糟的事情在发生。我为什么掉了出来？操行评分还在紧紧跟随我吗？

桂霞病了，病得很厉害，胃病，上吐下泻，发烧。我知道她生病的时候，她已经请假三天了。我给她送去了我的曲奇饼干，饼干盒是圆形铁皮的，很精美，我有点舍不得。为了表示对她的关心，我把整罐都留给了她。她躺在乱糟糟的床上，衣服、被子和书混在一起，头埋在枕头里，一头乱糟糟的长发四散。她的蚊帐没有拉直，松松垮垮地占去了床的一大半空间。邋遢和孤独的感觉直接向我扑来。我问她为什么不拉直蚊帐，她说拉不直，随它吧。我觉得她的力气没有小到拉不直蚊帐，我也没有多事帮她把蚊帐拉好。她不想说话，我问了她要吃什么我去给她买，她说不想吃。她又瘦又小，我是羡慕的，我又胖又高，不美。她在恋爱吗？她为什么生病了？她肯定不是胃病这么简单，应该有心病。我问不出来。她早就不信任我了，在我们读初中一年级的时候她就不信任我了。我对她总是带着儿时的暴戾脾气，她越是不讲话，我越是烦躁。她让我看到我小时候有着十分骄傲的一面。我想起她双手一拍说道"惹不起还躲不起吗"，我连妈妈都不如呢，她会给妈妈唠叨学校的事。她从来不和我倾诉什么。

隔天，她大姐来了。她大姐给她办理了退学手续，她回到了我们农科院的子弟学校。她说她不想住校了，太孤单了。她大姐责怪我，陈丽，你和桂霞从小一起长大的，你们从小就是好朋友，你们为什么不相互照顾呢？

我从来没有想过这个问题，我们为什么不相互照顾呢？我为什么一直制造紧张的竞争关系呢？这让我们都非常孤独，没法相互照顾和安慰。

她太弱了。我们曾经是紧挨着的第一第二名，我们离家到花溪当住读生是为了获得更好的教育机会，但是她轻易放弃了。她家里无论如何问她，她都不回答。她如果恋爱的话，学校里会传开的，但是没有。她在暗恋吗？暗恋对象会是谁呢？她轻轻垂着双目，十分平静，我们无法继续追问。

我在分裂，我的争强好胜和软弱无力在向各自的两极飞快地滑去。高考来了，高考前一夜。我早早上床睡了，我要考上最好的大学离开这个是非之地。我的操行评分是优，比班主任还要优的优，但是我百口莫辩，只能离开。

我十点不到上床的，我住在谌婆婆家。谌婆婆是这所中学的退休语文教师，她非常有声望，她爱护学生，学生都很爱戴她。我初一刚入校时，她带我到校长室见我们的校长，校长对我频频点头微笑，十分和蔼，"这个小姑娘长得好乖呀。"他说道。谌婆婆回答，是的，学习还那么好。过了几天，我再见到校长，他对待我没有了特别的态度。他眼神中亮晶晶的宠爱优等生的光芒消失了，我显然像是一滴融入了花溪河的水，只是一名他必须严厉教育的清华中学学生了。他是一位"逆行倒施"的校长，他企图保持我们这所学校的传统作风，他严禁留长发。放学时分，他守在校门口，目光如炬，像筛子一样把洪水一般涌向大街的学生们仔细地滤了一遍。女生必须剪成齐耳短发，男生必须是板寸平头。犯禁的学生会被他记录下来，隔天他会到教室检查。

我躺在床上等着睡眠降临，然而哥哥的事情却从记忆中被释放出来。我不知道是谁打开的，我无法把它们按回去。当我意识到我已经把哥哥的事情从头到尾思索了一遍之后，脑子已经高速运转很久了。我的脑子早就不由我控制了，我对自己说好好睡觉是没有用的。谌婆婆也睡了，她房间的灯已经熄灭了。她从不关卧室的门。多年之后，我也不关卧室的门了。关上门，胸闷，这感觉让其他的诸如安全感和隐私感之类的，都不重要了。

我很累了，眼泪一直在无声无息地滑落。它们是自动滑落的，它们像是雨后的井水一样安静地冒着。不要哭了，明天要高考。我无论如何安抚自己，都平静不下来。我完全控制不了自己。这种失控早就控制我了，未来还将继续控制我，控制我的一生。这是高考紧张。我以为我不会紧张，我很自信，我觉得我很独立。我睡不着，可是却没想到我以回忆过往的方式来紧张。回忆完哥哥，我随后六年的中学生涯也冒了出来。我不喜欢这里，无论什么，都不喜欢。我的脑子在高速运转，各个齿轮相互摩擦已经热气腾腾。"后悔"完整个中学时期，哥哥又冒了出来。他们轮番上场。我短暂的十七年人生像是在炒爆米花一样，一遍又一遍地翻涌。我有很多后悔的事情，如果一切重新来过就好了。我本该值得更好的人生。我让谌婆婆失望了。

谌婆婆每周都要邀请我去她家吃饭，周三或者周四的中午。每到这一天的前一天，她就到我们教室的门口等着。下课铃响，她寻到我对我说，明天中午过来吃饭。她和蔼可亲又不容推辞，我会扭捏一下，小女孩的扭捏。我脸皮薄，需要诚挚的邀请，还需要扭捏表达害羞。我从十一岁扭捏到十七岁。学校食堂的饭菜不好吃，她让我去她家打牙祭。那一顿，我总会吃得饱饱的。

一天，她把我叫进卧室，关上了门。她神色凝重地看着我，看进我的眼睛我的心里，但她也永远都那么和蔼可亲。她问我，你和涂然怎么回事？我十分惊讶，我说没有什么，我说我根本不知道怎么回事，同学们总是说我和涂然很好很好很好，我和他连话都没有讲过。

她依然望着我，她的目光像是在追捕我，她在分析我是不是在撒谎，她对我说，身正不怕影子歪。又说，不做亏心事不怕鬼敲门。我年仅十一岁，我的谚语词汇还相当缺乏。我看着很有灵气，却是一个鲁钝的人。这两个谚语的含义，我还不太了解。我懵里懵懂地望着谌婆婆，不知道如何回答，我觉得这两个谚语不好听。我总觉得谚语很土，影子为什么会歪，鬼为什么会敲门？哥哥会来敲门吗？这一幕在我后来的人生中不断被我回忆，我后知后觉到这所学校的老师们是时常通气的，所以班主任告诉了她。她那天找我谈话是正式的。学校是不主张初中住校的，但是对学习优秀的学生法外开恩，我因为她的关系才得以入学，她相当于是我在这所中学的保护人。我也期望她以我为傲，我已经自命不凡。但是没想到才入学几周，就发生了这样的事情。

她是一个坚强的人。1978年，她的丈夫去唐山出差的时候碰上大地震，去世了。十几年来，她独自一人带着四个孩子生活。她出生在织金县的大地主家庭，"文革"时候备受折磨。她历尽了艰辛。人们总是带着震惊、惋惜和尊敬的口气提到这些事。

我流着眼泪终于睡着了。第二天我被谌婆婆叫醒的时候，学校的广播已经在反复播放考生须知了，我睡过头了。或者是，谌婆婆见我睡得太沉，不愿意叫醒我。我睁不开眼睛，眼皮红肿，像是桃子。我为自己这样没有出息感到羞愧，躲避着谌婆婆的目光，谌婆婆若无其事地给我做着早饭。我匆匆吃了冲向考场。谌婆婆家离考场只有三分钟路程，在实验楼。我每一次重要的考试都在这栋楼，这是学校刻意的安排，本校生考试都被安排在这里。

我看不清考卷，我哭得看不清考卷。我又想哭了。我按摩着眼睛，又把眼睛紧紧地凑上去，才勉强开始做题。头晕目眩，模糊的字迹。我最后一题没有时间做。

吃过午饭，我赶紧午休。当学校的大喇叭又开始穿透校园的每一片树叶、每一个角落，在大将山下盘旋，又开始播放考生须知的时候，谌婆婆把我叫醒了，她问我，你是不是记错时间了？是两点考试吧？

是的，我记错时间了，我又匆匆爬起洗了脸向考场冲去。

我逢考必输，我总是记错时间或者教室，我甚至迟到。我考研考博都屡考不中。我反复地考试。重复着高考的悲剧。

我的分数只够中专线。我没有填写中专志愿。我是有野心的，我怎么可能甘于读中专呢？我参加了复读。唔，我又在做着这一生后悔的事情，我回到花溪去复读了。花溪似乎是我唯一的选择，是我脑子里唯一的选择。我反复地想要离开这里，但是当我可以自由选择的时候，我又选择了这里。

初中升高中的时候，我要求转学到贵阳一中。转不了，有户口要求。我坐在谌婆婆家的沙发上无声无息地流着眼泪，把衣襟湿透了。那是一件很厚的春秋罩衣，失手打泼的水通常浸不进去，我把它哭湿了。我在我不喜欢的地方熬了三年，我还需要再熬三年。在谌婆婆家这样哭是失礼的，但是我无法克制自己。父母有他们的无奈，有他们办不到的事情。谌婆婆永远是慈祥的，她对我如此排斥这所学校没有表现出不满或者厌恶。

第二天我的眼睛肿成了桃子，我无法完全睁开眼睛，我沮丧地上着课。三年的时间长得足以让我忘记时间，把时间忘记，就不会这么难过了。下课了，我走出教室，妈妈坐在教室外的花坛边上，她朝我招招手，对我莞尔一笑。她手里提着水果，枇杷、樱桃。这些水果是昂贵的，可见我前一天哭得多么厉害啊。

丽丽哭起来那个伤心哦，一点声音都没有，眼泪齐刷刷地流，妈妈给爸爸说道。

是的，不仅仅是伤心。

第二年高考，我住在家里让家人陪我了，我吃了安定。我考上了大学，但是依然不理想。我是一个无法实现自己理想的人，我野心勃勃，但是力有不逮。

我永远在回忆自己微不足道的往事。

桂霞在我大一的暑假结婚了。奉子成婚。她嫁给了我最无法接受的人。我给她出主意，把小孩子打掉，和他分手。她说好可惜啊。我觉得她更可惜。她姐姐也觉得她可惜。她姐姐要我和她谈谈，她到底在想什么？为什么不参加高考了？她说她不想读书了。她姐姐一直说，你们俩一起长大，你为什么不照顾她。啊……我还比她小十个月呢。我给她当了伴娘，她丈夫的朋友太粗俗了，我无法忍受闹新房的吵闹。她一直微笑着配合。我小时候没有想象过我们长大了会嫁给什么样的人，如果想象的话，绝对不是这样的。结婚是多么亲密的关系啊，怎么会如此草率呢？我的想象力在往禁区里走，他怎么让桂霞怀孕的呢？桂霞怎么允许他让她怀孕呢？太不可思议了。桂霞在我心里有着女孩子的圣洁，是不可侵犯的。她姐姐嫁给了一个我们都觉得非常合适的人，文质彬彬、风度翩翩。他家人非常讲理，一家人和睦相处、相互帮衬。桂霞应该嫁这样的人。桂霞带孩子，忙得一整天没有吃饭。带孩子这么忙吗？我问道。她说是的，根本放不下来。你婆婆呢？她出去打麻将了。我忍不住又是一阵攻击，攻击她的选择，攻击她嫁给这样的男人、这样的人家。我从小和她养成了这样的相处模式，我是那个伤害她非常深的人。她那么温吞，我那么急躁。她越是安静，我越是狰狞。

她不和我说她婆婆家了，也不说生养孩子的事，她像是一滴水泡消融在水中，不想让我看到她。随后我大学毕业、工作，同龄人开始结婚生子，日常生活成为他们津津乐道的话题，一旦开个口子，就摆起了十里长宴没完没了。我很反感，充满了厌恶。我聆听，也插话，完全是曲意奉承，以免自己太孤立。我终于受不了他们在公婆、孩子和柴米油盐的话题中，助长出越来越浓厚的市侩气。我考研去了。读书一直是我最强烈的愿望。

每回偶遇桂霞，她依然留着整齐的刘海、披肩长发，依然含着羞怯的笑容；即使抱着娃娃，周身依然散发着浓郁的学生气。我读《红楼梦》印象最深刻的是贾宝玉的女儿是水做的骨肉说，桂霞没有变浑。

我不断回忆她，回忆到某一天，豁然领悟，我也许就是第一个伤害她的人，第一个让她看清这个世界真相的人。

这个说话声音细若蚊蝇的女孩，后来在郊区线中巴车上当售票员吆喝，她丈夫开车。我们班一个男同学恰好坐到了她的车，认出了她，但是不敢相认，他觉得不可能。以她父亲的关系、她的条件，找个办公室工作是容易的。我们对她寄予了很多美好的想象，我们觉得她值得最优渥的环境。

我在某一天理解了她的安静，这个世界太吵闹了，她不想参与进来。她的安静还在于，她一旦做出了选择，不会后悔。她还有更深的一面，她不会贬低任何身份的人。既然她不认为她丈夫身份卑微，嫁给他就不是纤尊降贵。她又柔弱又坚韧。

她的丈夫，我第一次见他，他笑着："小的时候，你哥哥被我打得鼻青脸肿的。"桂霞恨他一眼："你说些什么啊？"他还是重复："她哥哥是被我打得鼻青脸肿的啊。"桂霞不理睬他了，我也没法理睬他。第二次，他还是重复这个话。这可能是他怀念哥哥的独特方式。

第七章

哥哥要永远消失了。哥哥曾经无处不在令我烦躁不安的影子，如今只萦绕着我了。他们都忘记他了，当我和他们提起他的时候，他们衰老的面容微微蹙着，往事要费些心思才能回忆得起来。

我又梦到他了，我越来越少梦到他了。我梦见哥哥最要好的同学佝偻着背，推着他们儿时最喜欢的凤凰28大杠自行车从农科院的红楼往家里走来。那车太重了，我根本推不动，他们却呼啦呼啦骑得欢快。我连跳到后座上的胆量都没有。哥哥的同学都年过半百了，步伐缓慢沉重，哥哥依然是十六岁的少年，穿着当时最流行的回力鞋，步履轻松敏捷，似乎踩着弹簧。哥哥不会老了，而活着的人，该老的都老了，只有我是例外。我蹦蹦跳跳走过去，叫着"哥哥你回来了"。我满脸泪水地醒过来，我也该老了，我为什么不老啊。他永远十六岁，我只能永远十一岁了。

进入四十岁，比哥哥大的恐惧感已经过去了，想要有一个成功的人生以安慰妈妈的想法也消散了。母亲对我期望并不高，她觉得我读完大学就可以了。她对我考研考博，完全是漠视的。而我依然没有走出高考紧张的阴影。我跌跌撞撞地考上研，考博则一次又一次迟到，或者走错考场。我越考越差。第一次成绩最好，过了分数线，参加了面试。面试的时候，我心情糟透了，考官们似乎根本不想问我问题，或者不忍心问我问题，怕我尴尬。我被他们的眼神控制住了，他们满脸写着："这样的女生来考博，见多了。"我们在时断时续的沉默中延挨了二十几分钟。主考官完全出于责任走着面试程序，才用提问刺破沉默，沉默随即就像流沙一样又合上了。我最终被淘汰了。总之，千奇百怪的错误不断发生在我身上，我意识到我需要治疗考试阴影。我的情绪严重大于我的理性。我需要顽强的意志，而意志曾经是我未假思索就可以运用的本性，但逐渐被我的多愁善感给驱逐了。我已经开始学习佛学了，还顺带看心理学。我在自我疗救。我还是想活得很好，很光彩。我忽死忽生，东一榔头西一棒槌，全凭心情。我在蹉跎岁月，但我没有意识到。直到有一天，我无论想要做什么，都来不及了。

我把每一秒的生，都掐死了。

如果哥哥一直活着，我会怎么样？如果是我死去，妈妈会不会这么伤心和怀念？那么如此受罪的会是哥哥吧。是的，受罪。我在受着哥哥死去的罪。我被他的死惩罚着，我做错了什么？最不希望他死的是我吧，他死了，我也死了。我死了，他不一定死。为什么不是我去死呢，如果必须死一个的话。

哥哥要是活到四十岁，恐怕是不过如此的油腻大叔。他还能怎么样呢？他被寄予了太多的想象。和一个死人相比较是残忍的，母亲不知道她的残忍。她的理性也被情绪驱除了，她怎么可能自控呢？中年丧子的悲剧，没有几个人能够承受。好在我知道了，我可以对此充耳不闻。母亲可以有千万种怀念哥哥的方式，但是她却以漠视和贬低我的方式怀念着他。是的，贬低我的方式。她对我的褒贬，全部建立在和哥哥的比较上。

懂事，是我们这一代人的阴霾。事是什么事呢？是世道的艰难。我们必须体贴父母的艰苦。这是时代的艰苦。这是一个物质匮乏的时代，精神生活也十分贫瘠。这个时代的生活十分不方便，有很多家务，我们需要替大人分担家务。我们还需要察言观色，了解父母的喜怒哀乐，然后我们才能表达我们自己的喜怒哀乐。我们不恰当不适宜地表现出喜怒哀乐，会触怒他们。我这么讲，是残忍的。那个社会氛围是紧张的。哥哥负责照顾我，我要照顾妹妹。妹妹呢？她取悦父母。她很懂得取悦父母，她在取悦父母中失去了自己。时代以这种方式侵入了家庭，我们每个人，在这种轮回中失去了自己。

我在车站遇到了小斌哥哥，哥哥当年最要好的同学。我心里十分犹豫，打招呼呢，还是算了？这个年纪了，叫唤小斌哥哥太嗲了。我心里掂量着，好像叫不出来。他望向我的眼神只显示他看到了一个还算漂亮的女人。我还是招呼了他，"小斌哥哥"——我叫道。这是童年的叫法，我们现在都是中年人了。我们没有经历一个称呼转换的时期，随着年纪渐长，直呼其名或者其他的称呼方式。他疑惑地望着我，问我，你是哪个？我回答，我是陈璇的妹妹。他哦了一声，回忆、思索，点了点头，目光移开。

他曾经和哥哥一样，存在于我的先验世界，时间上先于我存在；而现在，他是我的历史世界，已经成为过去了。关于童年的任何一个玩伴，没法有一个确切的认识的开始。我一出生，降临在这个世界，他们就存在于这个世界了，他们理所当然地进入我的生活，随时可能成为我的原因；成为我家里一段痛苦的记忆的见证人。他们可以证明哥哥的优秀，证明他真实存在过；哥哥不是我们的想象，我们没有因为痛苦而放大哥哥的优秀，不是因为遭遇了死亡而永远无能为力地后悔。

你哥哥可惜了——这是我听到的最让人安慰的话。

小斌哥哥哦了一声，转开脸去，回忆可能在他心里慢慢升起。顺利成为中年人的人有他自己的纪念方式。

理所当然是一个非常好用的词，一个不用动脑子的词。一切都是理所当然的，就如同我要和他相认，称呼他小斌哥哥，而我的脸已经不年轻了。

哥哥他们班的同学关系很好，他们是哥哥的同学，他们似乎就该照顾我。这种理所当然是从我和哥哥的兄妹关系推衍出去的。他们被我亲热地称呼着。妹妹把这种理所当然运用得更加彻底了，她总是撒娇发嗲，享受他们的照顾和零食。他们已经念初中了，有零用钱了。他们时常相约去给哥哥上坟，哥哥埋在阿哈水库，我家的各个祖宗按照辈分错落着埋在阿哈水库的山上，哥哥在姑奶奶的下面。

德惠姐姐长得像山口百惠，可是脾气不太好。星星姐姐脾气很好，可是心事重，凡事藏着，很难知道她在想什么。

哥哥去世，德惠姐姐三天不吃不喝，躺在床上发呆。缓过劲来之后，天天来我家，帮妈妈洗衣服收拾屋子。她家离我家很远，每天如此，不仅很累，她家里也有意见吧。她家里被她的悲伤吓着了。她送了我一个白雪公主的铁皮文具盒，里面放了一张五毛钱的纸币，新新崭崭的，我舍不得用。

星星姐家离我家很近，在我家这栋楼的那一头。

感冒不知道是什么时候侵袭我的，我能够感觉到的时候，已经呼吸困难，头重脚轻，浑身酸软无力了。我要昏倒了，我扛不下去了，没法和小伙伴们奔跑了，我只得回家。

爸爸正在写字台上操作他的小玩意儿，我和妹妹的房间大，足以放下他的大书桌，我们的房间兼做他的书房。他听见我回来，头也没回，随口说道："今天这么乖，这么早就回来了？"我对他这种讥讽的口吻总是要还嘴的，但是这天我实在没有力气了，嗯了一声，侧身躺下。过一会儿，他回头看我，然后大喊："李翠英，快来，看看你家姑娘，你听她喘气很重。"妈妈闻讯赶来，摸摸我的头说："发烧了。""怪不得这么乖，"爸爸说，"原来发烧了。"

妈妈给我吃了药，盖上被子，把肩膀密密实实按严了，说道，把汗捂出来就好了。我昏昏沉沉睡了过去。那一觉，我睡得十分深沉，好像潜入了世界最深处，并顺利地离开了这个世界，回到了我来此之前的家。

我在湿汗中醒来，感觉神清气爽，像一杯浑水沉淀清澈了。浸在汗中的身体是黏糊糊的泥垢，精神却是清亮光明的。我想洗澡。我静静听着四周的声音，很安静，静得吓人，很陌生，就好像我从另一个世界回来，没有人接待我、照顾我。我喊妈妈，又喊哥哥，又喊爸爸，没有人回答。我犹豫要不要起来，我不知道自己是不是好了。妈妈说要捂汗，我汗湿着，不知道捂够了没有。这黏腻实在让人受不了，我把胳膊拿了出来，腿也蹬了出去。家里的安静让我害怕，世界只剩下了我一个人？他们去哪里了？难道不做晚饭了吗？每到做饭的时候，妈妈就会变得颐指气使，像一个不得了的王后；可她仅仅是在指挥锅碗瓢盆而已。她做家务总是带着夸张的奉献牺牲精神，带着怒气。这种时候，不能惹她，她随时会迁怒于我。吃饭的时候，她则变成一个允许我们胡说八道的明君——当然，这主要发生在她心情好的时候。心情不好，我们最好识时务地闭嘴埋头吃饭。

我有时候出奇地听话，这种时候显得我很刻板，我不知道该不该下床，但我可以躺着自由自在地胡思乱想。我身上的汗逐渐收尽了，一会儿妈妈来，我没法给她证明我已经出够了一身汗。这身汗把我湿透了，真是令人骄傲。唔，被子和枕巾还湿着呢，衣服也湿着，这些是证据。

钥匙开门的声音传来，原来不仅仅家里没人，我还被反锁在家里了。他们就这样把我一个人扔在家里了？我高声问着，谁啊？哥哥说，是我，你醒来了？你好了没有？感觉好不好？肚子饿不饿？我说饿。他说起来去星星姐家吃饭，我不来叫你不知道起来哦？哦，你没有钥匙没法开门。他这番自问自答让我很生气，但是这个气性被新的念头给治愈了，我问道："为什么去星星姐家吃饭？"他回答，今天是刘伯伯生日。我说刘伯伯生日怎么爸爸还修电视机？他说为什么不可以修电视机。我对大人们的举动有着各种疑惑，但是永远得不到答案，可能不值得回答，小孩子总是喜欢管得太多。

我跳下床，换了衣服，来到星星姐家。我一进门，先看到刘妈妈，她问，感冒好了？我说好了。再进客厅看到星星姐，她问，生病好了？我说好了。我在桌边坐下来，刘伯伯又问，感冒好了？我说好了。这场病生得让我收获了这样的意外之喜，桌上的人们七嘴八舌地关心着我。哥哥对妈妈说："她已经醒了，可是不叫她，她自己不知道起来。""起来了我也开不了门。"我瞪着哥哥。妈妈则替我回答着众人："小孩子家，吃了药睡一觉发了汗就会好的。"提到发汗，我有一肚子话要说，可是大人们随即抬起脸继续他们的话题去了，我被遗忘在了桌角。

我接过星星姐递给我的碗筷，她留在碗上的体温传递到我的手心；还有她的笑容，温婉羞怯的。她在长辈面前总是十分得体。

三年后，星星姐自杀了，年仅十九岁。很多人迷信地议论，是哥哥把星星姐带走了，或者是星星姐追随哥哥去了。我不这么认为，我觉得他们并没有恋爱，他们是纯洁无瑕的，这么议论他们是无耻的。

那是一个周六的下午，室外透着太阳西斜的烦躁，室内有着阴凉的安详。父亲坐在沙发上翻报纸，我在搓洗衣服。这种场景，是很难凑在一起的，似乎是老天专为等待一个死讯而安排的。这年我已经高中一年级了，我接受了必须待在花溪的无奈，我凡事无精打采，只等着这三年赶紧过去；而我内心是期待奇迹或者美好的事情从天而降的，比如可以转学去贵阳一中了。我每周从花溪兴高采烈回家的心情也变成了不回家还能去哪里呢的乖顺。我从一个对外界充满好奇又对家人无限依赖的初一学生变成了一个迟钝麻木的高中生。我束手无策，逆来顺受。

母亲急匆匆走进家，看看我，看看爸爸，满脸焦虑，不过她还是直言快语，对爸爸说道："小星星自杀了。"爸爸放下报纸疑惑地问："哪个小星星？"妈妈回答："还有哪个小星星？""不可能哦。""他们家已经去遵义了。"爸爸站起来问："去遵义干吗？"他顿了顿脚，好像要把裤缝抖直一样。"星星是跑到遵义去自杀的。"妈妈回答。爸爸一屁股坠进沙发，还伸手重新拿起了报纸，依然问："跑到遵义干吗？"妈妈终于生气了，嚷道："你又坐下去干吗？还不赶紧去她家！"我微微一笑，说道："死了就死了嘛，又不是没有死过人。居然跑那么远去自杀。"妈妈望向我喝道："你是不是想挨打。"

我没有悲伤的感觉，没有为星星姐流泪，她火化后骨灰被带回来举办葬礼，我已经回学校了。路上我想起小时候她带我去公共浴室洗澡，把我转来转去擦着搓着，速度很快。母亲把我交代给她的时候，提到我不仅不懂得找位置，还磨蹭得很，从正午洗到天黑。一个害羞而疲沓的小姑娘。她给我洗澡的速度简直像是要给母亲交一份满分的作业。我本来想要好好享受粗壮的水柱冲洗我的快乐，她却是一副要教我如何在公共浴室洗澡的态度。

我对已婚妇女的不知羞耻最初是在公共浴室领教的。我明明打好招呼排队的，可是被脸皮厚的人插队了。她们大声武气、泼辣凶蛮，能抢就抢、能占就占，我怎么可能不被挤到后面，等上一两个小时呢。一回一个女人坚称我挂衣服的时候将她的洗发乳扫到地上摔坏了，她将洗发乳放在比瓶子底座窄了一半的隔离栏上，而隔间那么窄小，任何人稍微转一下身就可能碰到栏杆将洗发乳摇晃下来，我挂衣服是不可能碰到她的洗发乳的。你不能欺负我小，我嗫嚅道。她圆瞪眼睛大吼大叫："就是你碰下来的！"她打开了我隔间的门，肥硕的胸部在我眼前摇晃，乳晕又宽又黑。我们如此赤身裸体相对，让我觉得又可怕又可耻，我只好将我几乎没用的一整瓶洗发液给她了。我勉强安慰着自己，我家的洗发液、洗发香波什么的，是在百货公司工作的四姨送的，不需要花钱。还有一次，一个女人说她下面很疼，稍微用力洗就疼，不知道怎么回事。另一个女人笑道，是你老公力气太大了。这种话，只要过一遍我的耳朵，我就记住了。还有她们大腿上往下流淌的曲折的血迹，也让我记忆犹新，我再过一年，也要经历这样的尴尬了。

我那时候已经粗略看了《红楼梦》，知道女儿是水做的，而女人嫁了男人，染了男人的气味，会变得比男人还混账。是啊，已经有好几例故事证实这个莫名其妙的道理了。一个姐姐婚前文静秀气，婚后肥胖臃肿，说话也恬不知耻了，甚至端着盛满饭菜的大碗在大马路上边走边吃，狼吞虎咽，去机运科车间找她的老公。她那时候怀孕了，说一顿等不到一顿地想吃。她们已婚已育后，大场面见过了，就可以不要脸地大大咧咧了。她们抱着孩子大声呵斥丈夫，张扬跋扈得不知所以，她们表现得如此骄横，就跟婚前表现自己的娇弱一样。

星星姐擦洗着我的身体，我已经敏感了，害羞不可避免地冒上来，但是又无法躲避，僵硬着配合她完成这次任务。洗澡的快乐荡然无存。

现在想来，她自己本就是一个十分害羞的人。回忆起她的时候，我还理解了桂霞的害羞。有一类女孩子可以被自己的害羞杀死。她们满腹心事又羞于启齿，娴静的外表下五脏六腑备受煎熬。她们缄默不语，连最好的朋友都不愿意透露。为什么？因为并没有值得信任的好朋友？她们对信任感和安全感的要求超过倾诉欲。星星姐以死保住了自己的害羞。

星星姐死后，同学们才回忆起星星姐生前的古怪行为，她离开贵阳去遵义前偶遇了一位很要好的女同学，她对她说："我可能回不来了，你以后有空多去看看我爸妈，替我照顾照顾他们。""你回不来了？你为什么回不来？""可能回不来了。"星星姐吞吐闪躲着说。这句话听起来不吉利，她欲言又止的样子也让人疑惑，但是这位同学当时很忙，没有多想，匆匆忙忙顺口答应下来。何况星星姐平时就有些奇怪的言行，这也会冲淡她这句话可能带来的警惕性。

一个心事重又害羞的女孩子，一个脱俗的女孩子，怎么直接向这个世界表达自己的需要呢？

到了这时，大人们才发现她书桌上有许多记载心事的字条，还摘录了一些安慰或者励志的名言。抽屉的日记里倾吐了冤情，夹着一袋她去照相馆拍摄的艺术照。她长发披挂着遮住了半边脸，微笑忧郁也有几分邪魅，被自杀倾向控制住的微笑。一个爱美的对这个世界失去信任的女孩，她以她的体贴、多思多虑和忍耐活着，然而受到了伤害。

她说她是冤枉的，人言可畏，她什么都没有做，唯有以死表明清白。

父亲对星星姐的自杀充满了自责，如果他不给星星姐介绍这份在工商局的工作，她就不会自杀了吧。据传星星姐的账务有问题，单位的领导给父亲提了一下，父亲不忍心问星星姐，只说再看看吧，只是怀疑嘛。不想，星星姐去遵义自杀了。

同学们聚在她家一边回忆一边议论着她，我想起哥哥的生日，孤单的绝望的生日。

哥哥从医院被拉了回来。这时候，哥哥的身体叫作"遗体"了。星星姐对我说："你不去看看你哥哥吗？"我有点怕的，虽然和哥哥兄妹情深，我还是怕，怕死人。哥哥已经归属于另一个世界了，死人的世界。早上刚得知死讯时候的巨大悲痛已经被这样的意识给冲淡了。但星星姐的要求更加没法推辞，我只好跟着她去了停放哥哥的地方，一间坐落在油菜田里孤零零的房子。这房子是用来堆放农具的。房间里已经聚集了很多人，我只能站在门外轻轻抽泣。在这么多人面前，我不得不哭，一种羞愧的感觉升上来，别人家都好好的，为什么我家里发生这样的事情？

我们没有想到哥哥的去世会引起轰动，很多人来为他送行。哥哥为人处世礼貌周到，懂事体贴，尊老爱幼，深得众人的喜欢，是农科院的一个明星家属，他的去世让很多人难以接受。

奶奶已经来了，她伏在哥哥身边号啕大哭，说我还没死你怎么就死了。奶奶哭了很久，终于被老干妈拖走了。她说你老人家保重身体，小孩子自己没福气。福气是一个空洞的词，我不知道它是如何缥缈在我们身前身后的。我走进房间，站在哥哥的脚边又哭了一会儿，这回是真的。我犹豫着要不要看哥哥最后一眼。他的身上盖着他的蓝白格子床单，有风从墙角上的小洞里吹进来，掀得床单扑棱扑棱翻上翻下，床单角上压了一块小石头。哥哥孤单地躺在这简陋的地方，躺着的哥哥已经死了，要叫作遗体了。

我犹豫了很久，还是无法鼓起勇气揭开床单看他一眼。有人叫我回家，说哥哥去世，兄妹间最好回避，要不然对我不好。我回家了。

我终于后悔没有看哥哥最后一眼，德惠姐姐听了大吃一惊，说你怎么不看最后一眼？我说我有点怕。她说为什么怕，他死得那么安详，像是睡着了一样。他是你哥哥啊，他不会吓你。她说他脸色苍白，嘴角挂着一丝血迹。她为了弥补我的后悔，详细地给我描述着哥哥的遗容。

直到满山的蕨菜在发芽了，我才有机会去给哥哥上坟。我十分着急，想早点看到哥哥。被埋在地下的哥哥，已经被我想象了千万次。他静静地躺在地下多孤单啊，他要是突然醒过来怎么办？一起身鼻头就要撞到棺材板。棺材是杉木的，妈妈给我说过，现找人做的。杉木会腐烂，土会沁入他的身体，水会淹没他，他渐渐腐烂，只剩下骨头。多么孤单啊。山上齐人腰高的蒿草无奈地随风飘摇，哥哥也一样。他从一个无所不知令我骄傲的哥哥变成了一个孤魂。多么孤单啊。

"哥哥的坟长得很好，长圆了，同学们在哥哥坟边种的五株柏树都活了。"妈妈给我描述着。

妈妈经常独自去看哥哥。她想哥哥了，思念太痛切了，熬不过去了，就一路洒着泪水走到哥哥的坟上去看他。一回下雨，小斌哥哥他们依然按照约定的日期去看哥哥，妈妈放心不下，给他们送伞，摔了一跤，摔在胳膊肘上，骨折了。从此一下雨，她的胳膊就隐隐作痛。我瘪嘴说，他们都是大男生了，还怕淋雨吗？

哥哥就是淋雨感冒生病的，妈妈回答。

妹妹被"百姓爱幺儿"这种思维给惯坏了。她在家里是幺儿，在外面也是幺儿，走到哪里都是娇气又骄横的幺儿，是被关注和被呵护的中心。她陷溺于幺儿这个角色，给我带来两个方面的困扰：一是我的责任被加重，增加了不必要的责任；二是我被边缘化，我的很多戏份被她抢去了。

这是令人十分委屈甚至愤怒的，我被哥哥作为长子边缘化一次，又被妹妹作为幺儿边缘化一次。他们这两个巨大的圆球，随便哪个滚一滚，我都得靠边站。只是哥哥是照顾我的，妹妹则是向我索取照顾的，或者是，将我本该有的照顾给吸走。只要有大人在，她就变得非常麻烦。这当然不仅仅是家庭的缘故，社会环境也是这样的规则。她长得像乖巧的洋娃娃，瘦得像只猫，口齿不清又多话，要多可爱有多可爱，别人都称她为"小咪莎"。小咪莎直到四岁，还把"是"念作"系"，把哥哥念作"多多"。别人对她的宠爱鼓励了她的矫情，只要和哥哥的同学们在一起，她就陷入儿童矫情表演，我则被漠视。

德惠姐姐和小斌哥哥他们带着妹妹走得拖拖拉拉的，甚至嬉闹了起来。我听着他们的笑声十分不悦，急匆匆地往前赶，想用自己的步伐带动、催促他们。但只和他们拉开了距离。距离远了，我只能停下来等他们，我不认识路。

我一直没有看望过哥哥，哥哥的葬礼我没有参加，妈妈说："你还是回学校吧，不要把功课落下了。"我为什么会听从妈妈这个建议呢？我为什么不留下来呢？我一生都被自己扭捏的心态所控制，在倾听自己内心的声音和他人的建议上，总是选择后者。我知道自己想要什么，但是不知道怎么去做。就这样，我没有送哥哥最后一程。我很后悔。我对自己的情感需要既然如此漠视，也就无法责怪任何人，只能后知后觉地疼痛、反省，把自己的独立性慢慢培植出来。

我多么着急看到哥哥啊。小斌哥哥他们经常来。最初的时候，每周一次，令家长不得不给母亲提及他们把周末都花在给哥哥上坟上了。现在，他们的伤痛在恢复，惋惜哥哥的生命以及没有给哥哥过生日的遗憾得到了缓解。他们现在带着平常心，来这里就是与哥哥聚会的，就像过去春游秋游到阿哈水库来游玩一样。

我们好不容易走到山脚下，他们却对蕨菜产生了兴趣，妹妹也跟着他们摘了起来。清明节就要到了，蕨菜曲折又粗壮地从土里冒出来，鲜嫩的毛茸茸的头部害羞地卷曲着垂着。我的愤怒积累着，我叫着妹妹，想要她跟着我，但往往有外人的时候，她是绝对不需要我的。我很想骂她："你是来上坟的，还是来玩儿的。"

他们爬三步，就要停五分钟。他们已经彻底被蕨菜吸引了，三三两两散落在山坡上，阵阵笑声时不时传来。妹妹的笑声尤其让我觉得刺耳。

我们终于来到了哥哥的坟前。那土堆让我震惊，那下面躺着哥哥曾经健壮的身体。他喜欢打篮球，喜欢回力鞋。他给我提到妈妈答应给他买回力鞋时的得意洋洋，接着下一周他脚踩回力鞋蹦跳触高的得意洋洋，这些画面自动地浮现出来。我鄙夷地问回力鞋和白球鞋有什么区别，这么稀罕。他指着鞋帮内侧三个洞眼，告诉我这是透气的，脚就不臭了。又指着高帮说，多洋气，这些设计都是很用心的。他盯着我，满脸透着聪明，没有什么他不懂的样子。好吧，我恢复了对他的崇拜。怎么才三个月时间，他就躺进土里、和土融为一体了呢。

我的凝重令气氛尴尬。哥哥的同学们望望我，讨论着，是不是要磕头啊，同辈的应该不能磕，该搞点什么仪式吧，我们居然没有带点水果点心来祭拜。他妹妹给他磕头吗？不是老人去世的，连碑都不能立，要等着妹妹长大以后，才能以妹妹的名义立，要不然要牵累到没有长大的妹妹的。

我不喜欢听这些，我根本不害怕受到牵连。我的痛楚完全苏醒了，恐惧感已经过去，一切俗世的迷信根本不相信了。死去的人身体在地下，那么轻盈的魂魄或者神识会在世间飘荡吗？哥哥可以分散他的神识同时在妈妈身边和我的身边吗？他要一半在家里，一半在花溪了。他会去投胎吗？他不能去投胎。他能保佑我吗？他病死的，有力气保佑我吗？他死了就有神力了。

我在哥哥的坟前已经僵硬成了一块墓碑，我往前站了一步，企图避开所有人的目光。

哥哥的同学们商量着排成一队给哥哥鞠个躬，说着说着笑了起来，这么庄重这么文明，他们觉得酸溜溜的："陈璇自己也会笑醒过来吧。"我明白他们在说什么，但也无法克制自己的眼泪。那是一个粗糙的时代，感情只能闷在心里，没法通过有效的仪式感来表达。一旦有什么仪式，如果不是假惺惺的，就会因为真情流露而十分别扭。而假正经的做派，似乎比真情流露更让人接受。

我应该一个人来，安静地坐在坟前听躺在泥土里的哥哥的声音，听他和泥土一点点融为一体的声音。他们有他们以如常的谈笑风生怀念哥哥的方式，我有我的。我一直强忍着眼里的泪，我的太阳穴在涨痛。

他们笑，妹妹也跟着笑了。她的讨好取宠让我忍无可忍，我心里对她的评价降到了冰点，对她的厌恶如同岩浆一样在沸腾，我回身抬手给了她一巴掌。那是非常成年人的动作，娴熟而准确。妹妹当即仰头张嘴号啕大哭，像动画片里一样露出了扁桃体。我的手掌猛然僵硬起来，五指撑开，颤抖着，经脉好像被堵塞了，随即整张脸麻木了，并延续到全身，一扇门接着一扇门被轰然关闭，浑身麻痹，然而身后有一股巨大的力量推我，像是有一块巨大而厚重的铁板在拍打我的整个后背，我陡然跪了下去。我也号啕大哭起来。

哥哥的同学们在我身后沉默着，沉默了很久，直到我听到德惠姐姐在安慰妹妹。我跪在地上无法动弹，我觉得是哥哥在惩罚我。他不在了，从此以后，是我一个人带妹妹了。一个多么令人厌恶的妹妹，一个总是有着很多无理要求、无理取闹的妹妹，一个总是吃里扒外的妹妹。

德惠姐姐安慰了妹妹，又安慰我，说我不懂事，怎么可以打妹妹，大家一起来看哥哥，应该高高兴兴的，怎么会闹成这样？

我不知道，我只感到心里无法承受的悲伤和寒心。

我走极端了吗？

如同妈妈摔断了胳膊落下了病根，雨天胳膊总是酸疼一样，我这次发火也让自己落下了这样的毛病，只要情绪激荡，我就浑身僵硬，手掌抽搐，脸部发麻。

星星姐姐都是自己一个人来看望哥哥，她说她自己来就可以了。她去世后，我没有给她上过坟。阴差阳错总是没有去成。她生前渐渐地把自己孤立起来，变得孤单单的，身后也孤单。

我一直在想象她如何从贵阳坐火车到遵义的，要坐四个小时。这么漫长的时间，不足以让她打消念头？她一点都不害怕吗？她买了一瓶茅台酒、一只烤鸡，还有一些糕点，在一家宾馆开了房间。她买东西的时候，一定是用她客气羞怯的微笑和营业员说话的。她在宾馆办理入住手续的时候，服务员说人很正常，还笑来着，十分温柔。她一直都很温柔。她用茅台酒混着敌敌畏喝，烤鸡只吃了一条鸡腿，蛋糕没有动。她盘了一条腿坐在沙发上，含着微笑。她很安详，好像还有一口气在。她虚掩着房间的门，以便服务员及时发现她。她留了家里的联系地址和单位的电话。她把一切安排得很周到，没有忘记给服务员道歉。她入住后，就开始实施自杀行为。服务员几次路过她的房间，看到虚掩的门，产生好奇心，最终推门进入检查。她没有在遵义游玩。

她嘴角有血迹吗？挂在微笑上扬的嘴角上？她临死前在想什么？毒药没有翻搅她的五脏六腑，因为她在回忆着美好的往事？

她很瘦，火化只用了十五分钟。

每当我阅读川端康成，我就会想起星星姐姐。

这不是关于死亡的形而上学的思考，这是纯粹世俗情绪的陷溺，我无法从痛苦中抽身而出。我学了很多东西，哲学的佛学的，它们总是提到生死，也许只有它们能够解决我的问题了。这可能只是一个借口，我有很多局限性，我像我们陈家的人，游手好闲，好逸恶劳，懒惰成性，不愿意进入社会负担起自己的责任；还有我的前世，当无法从父母两边的家族遗传性来解释我的个性属于谁时，就可以推诿给前世延续到今生的习气；我又有着我的时代的投射。

我从哪里来的，是从哪里开始的？

人为什么要活着？这么痛苦了，还要继续活着？我可以选择不活着的。我在长大，却最终陷入绝望之境。

一个总是提到小时候的人太幼稚可笑了。

我看到一个不争气、没出息、不懂事的妹妹，她从来不想逃离哥哥的保护而进入这个世界承担起责任。她的一切完全没有发育起来，虽然她已经是一副成年人的身体。当她把最好的青春用于发呆、胡思乱想，那么在中年的时候一无所就是"理所当然"的。

某天，不知道是看到了哪本书，或者听到了什么句子，我突然开窍，哥哥去世了，我还要继续活着。

妹妹被关起来了，新的痛苦让我忘记了人要活着的问题，我第一次全力以赴、全然忘我地做一件事。我一边找媒体一边写帖子发网络，写上访信。每听到什么消息，我就发特快专递向有关部门举报，以人民来信的标准格式一次发五封。我完全不顾自己的安危和前途，能用的手段都用了。帖子被审核不能通过，我就花钱发帖，还买水军。水军水平太差，评论读起来无关痛痒还罢了，有些根本就是复制粘贴的名言警句。他们根本没有读过帖子，拿钱办事如此不上心，我为此感到羞耻，不过几秒钟就过去了。这是我今生最短的羞耻心。我在发帖无法通过的时候已经把内心的激愤用完了，我读了很多其他的帖子，知道妹妹的事情根本无法在网络上掀起什么波澜。

第八章

　　我的生命已经长到可以摘取很多事例来说明我具有矫揉造作、哗众取宠的个性。在我三岁的时候，我跷二郎腿故意摔倒以引起客人的注意，这个动作当即被父亲识破了。小学的时候，我和男生打架故意哭了很久，明察秋毫的父亲采信了男生的证词，觉得我无理取闹还装弱者把双眼哭肿了简直可恶。我曾经以为我的反省能力是与生俱来的，可以将之归于星座或者八卦命理的缘故。后来，通过一次又一次的回忆、反思和书写（是的，我总是用笔一次又一次地回忆童年），我觉得将我和父亲的互动关系归之于星座和八卦命理更让我信服一些，我的反省能力是他训练的结果；而父亲对妹妹的这类言行不仅无法当即识破、纠正，反而是他享受天伦之乐的幸福源泉。就像父亲看穿了我的哗众取宠一样，我也看穿了妹妹的哗众取宠，不过我对妹妹的纠正只会让人扫兴，引发家庭纠纷。这是我对长姐责任制的理解有误。再到后来，我又反省到，我对妹妹有着一些隐秘的不可告人的竞争意识，企图和她争夺父母的关注和爱。

　　那一年，我依然准备考博，而且屡考不中了好几年，我几乎已经处于被父母遗弃的状态。我没有用断然的口气，说话依然留有余地，是因为还存有几分孝心。实际上父母早就不管我了。我早先胆子太大（这完全照搬了我父母的口气），投资了一家娱乐公司亏损，只好卖掉房子偿还债务。这件事情我是主动做的，其中的各种纠纷和债务利用法律手段也许可以规避一些，但是我没法忘记刚组建公司时候的热血沸腾、信誓旦旦或者应该是信口开河。我总觉得钱可以再赚，人情不能欠。另外，这么做的原因之一是我还保持着自信，觉得千金散尽还复来。我当初赚钱快，这让我误以为我以后赚钱也会很快；而我还很年轻，未来只会比现在更好。我从来没有想到过我会遇到挫折，却不知道时代已经在改变，我过去的经验无法应付未来，我已经在往下掉。到后来，我再掉一点的时候，已经有了这样的惊惧和怀疑：不知道自己掉到谷底了没有。我是叫花子可怜大相公（这完全是以我母亲的口吻复述出来的），别人无忧无虑继续自己的生活，我连吃饭都成了问题。我只好求助父母。父母给我的冷言冷语比别人还多，但毕竟是自己父母，可以承受。何况父母并不是没有提醒过我。现在他们和我共同承担这样的后果，替我分担风险，让他们念叨念叨，我自己心里也好受一些。我吃着父母的贴补还在坚持自己的路，直到有一天，我拮据到身上只剩下了两元钱，而我要乘坐的那趟公交车需要三元。我站在熙熙攘攘的马路上，觉得此刻应该是我人生的最低谷了，我整理了一下心情、收拾起精神，走了七公里，一步一步地回忆自己是如何陷入这样的窘境的。我回家把前三年的每一笔账都用笔记录下来，把每一个朋友和我的交往也大致总结了一下。记着记着，我发现我忘记了父母资助我的钱和建议。我拿了另一张纸专门记录父母的。

写，带来更深入更稳固的思考。我不得不承认，我的确如母亲在我儿时给我下的结论：我是一个假小心真大胆的人。写，让我恢复了部分客观的记忆，我如果稍微"孝顺""听话"一点，不仅生活无忧，说不定还大富大贵。

我已经辞去了高校的工作，后来的工作是生活所迫不得不另寻的。但是我最近又辞掉了，请假太久了。母亲总是说，如果我老老实实待着，现在已经是正教授了。这么说倒也不夸张，我硕士才毕业半年，发表的论文就已经符合评定副高的标准。我不想待在高校的原因很简单，我不想当老师，除非那是一所国内顶尖大学。我好高骛远，又不愿意骑驴找马，不愿意委屈自己，总想一步登天。我被教务处惩治过一次，又被学生举报过一次，就辞职了。但是回到贵阳，我依然谎称自己是大学老师。给妹妹打官司、上访，必须有一个身份。我曾经很喜欢"自由职业者"这个身份，后来深刻体会到这是"失业者"的婉转表达而已。当我成为一名"自由职业者"五年之后，这个名词里的浪漫情愫完全丧失了，只有狼狈，这是对不安分的人的最大惩罚。我到底哪里来的安全感？这比我那盲目的自信还让我困惑。

我一直考博的原因并不是为了再一次成为高校老师，我想系统地学习哲学。我不想成为一位民间哲学家，要想成为一个真正的哲学家，就必须经受严格的学院训练。我了解民间哲学家的问题，我觉得避免那些问题的方法只能正儿八经读一个博士。我想做很多事情，每一件都发自纯粹的毫无功利的理想主义。我耽于幻想，不切实际，没有冷静地权衡自己的条件。比如考哲学博士，如果不是本科、硕士这么扎扎实实地读上来，就会遭遇民间哲学家一样的问题，就会陷入散漫的不着边际的胡思乱想。这种胡思乱想可能足够自我感动，于哲学却没有丝毫的帮助，于自己只是作茧自缚。我一直不愿意浪费自己的文学硕士文凭，但在一年又一年的报考中，我浪费了很多时间。过了十年之后，我才反应过来，从一开始我就应该考哲学硕士的，而不是博士。当初帮助我复习功课的哲学博士不太了解我，他告诉我的是一条捷径，要学会考试、背书、背名词解释和各个思潮，做好这些就行了。而我读哲学是想要解决自身的问题，这个发心本来就是有问题的；即使这个发心没有问题，那也要赶紧考进去了，你才能解决自己的问题，从小我走向大我。你没有考进去，就是在给自己制造新的问题和困境。那位哲学博士警告我。我还是没有听进去。我在考博的过程中，体会到的艰苦和压力，比高考还强烈。高考时候我还是一个少女，可以撒娇发嗲求助，考博不能这样了。我挫败感越深，我的初心就被污染得越烈，我已经搞不清楚我考博是为了解决自己内心的问题，还是在制造自己内心的问题了。整个心乱得一塌糊涂，恋爱和做爱也没法解决这些烦恼。

"我汇报完毕了。"我对初雪说道。我如此兜底，心里并没有轻松下来；相反，心里有点慌。我对她是半信半疑的，但是我已经拧开了倾诉的阀门，关不回去了。

"那你现在依然身无分文？"初雪说道。

我瞬间后悔，很希望刚才的半小时紧闭双唇，什么都没有说。她抓住重点了，我没钱，一分钱都没有。

高中时候，我们的确是无话不说的好朋友。是哪一种好朋友呢？交流情感问题的好朋友。我们从来不谈学习，连作业都没有问过，最多是她借我的作业抄一下。有时候我做作业，她还会一把抢去我的课本，吼道："学什么学啊。"是的，她就是这样的。她会打扰、嘲笑我学习，对我指手画脚，呵斥责骂。她性格如此，并不是专门针对我，她觉得这是一种亲密友好的表示。她骄傲又漂亮，有一种吸引力，让人以成为她的好朋友为荣，无论是男生女生。他们对她都很仗义。他们区别于街头小混混，活动范围仅仅限制在校园。但我本性不是如此的，我本性是一个好学的人，我之所以和她在一个班，我觉得是被诅咒的结果。在初中的时候，我还凭着尚未脱去的儿童的稚气和专注保住了自己的笃学敏思。后来，我完全被打乱了节奏。谣言塑造了我的现实。我一直和自己所处的环境格格不入，但是我又无力离开这个环境。我说的无力不单单指母亲无法给我转学这件事情。我不得不在这所学校待上六年，但是这六年里，我还可以给自己做一个选择的，选择和自己喜欢的人在一起，选择认为适合自己的群体。

初中班级是杂乱的，家长们凭借自己的关系将孩子送进优秀教师的班级，高一也比较随机，整体上保留了初中升到高中的两个优秀教师作为班主任的班级——这的确有着预言性质，正面语言带来的祝福效果，好老师带出来的好学生会跟着读上去考取大学。一切都那么完美。但我被替换下来了。我报到的那天甚至没有找到自己的名字。我打听到小道消息后，又去榜单前仔仔细细寻找了一遍。我的名字在榜单上的，但被画掉了。我望着浓浓墨汁下的名字很伤心，感觉自己被某种现实拒绝了。我没有去找谌婆婆，为什么没有求助于她让我继续待在（1）班？（1）班和（2）班是优秀教师作为班主任的。我想起她对我说的"不做亏心事，不怕鬼敲门""身正不怕影子歪"，我怀疑老师因为流言而拒绝我，我永远是"中"的操行评分令他们不愿意接受我。赶紧毕业吧，赶紧，赶紧考上大学，离开这里，离开花溪，离开贵阳，这样我就可以离开如影随形的流言了。我忐忑不安。我内心是巴结他们的，但是我不知道如何巴结。我对社会关系的运用是迟钝的。我被人运用社会关系挤了出来，但是我没有想着运用关系再塞回去。

高一，学校只是隐隐传言高二要分重点班和普通班。虽然校长和老师当时都否定了这个说法，但我还是暗暗下定决心好好学习，如果要分班的话，可以分进重点班。必须坦白一下，我是一个很认同教育体制的人，这大约由于我出身于农科院这样的事业科研单位。我认可智力的优胜劣汰，如同我和桂霞几番竞争之后，我认为她的智力就是高于我。我佩服她，但我也没有看不起自己，我会更加刻苦，并且认可结果。我丝毫不反对高考，我对重点班的认识不仅仅局限于升学率，而是认为将一群爱读书的人聚在一个班才是明智的。

数学考试非常难，我写满了卷子也没有把题目证明出来，但证明过程应该算分吧，我怀着侥幸心理。那年暑假，母亲带着我和妹妹去昆明旅行了十天，回来的第二天，我迫不及待跑去打听我考进了重点班没有，没有。我对自己失望极了。

我和初雪一起玩儿，只是为了让自己不至于太不合群。当她把我的书从我手中抢过去叫着学什么学的时候，我顺从了她。青春期的心理难以捉摸，我很难理解我的行为。而隔壁重点班的同学们都坐在教室里悄悄地解题。其实我并没有这么孤单，我还有另外两个好朋友，都是高中才到本校来读书的农科院子弟。我们彼此知根知底，相互尊重也相互欣赏。但是，就像我欺负桂霞一样，我也会欺负她们两个，我对她们十分任性。她们懂得我家里承受的悲痛，为我的哥哥惋惜，时不时提到哥哥让我觉得安慰，可是当我在恐惧自己十五岁和十六岁来临的时候，我反而和初雪在一起，为什么？因为初雪不知道我的秘密？哥哥去世的消息在住校生中传开，但是随即他们就忘记了。这件事情不值得记忆，他们更愿意记得涂然和我的谣言。他们制造了这个谣言，他们一直牢牢记着。他们望着我阴阳怪气地叫我涂然，即使涂然在初二已经转学离开了这所学校。或者每当我的名字被叫出来，涂然的名字就紧跟着被叫出来。即使现在，也是如此。初中班的人升学到了高中，把涂然也带到了高中。高中同学和我考入同一所大学，谣言又被带入大学，没完没了。我这一生被操行评分莫名其妙给控制了。班主任不喜欢我，每一任都不喜欢，我一直在讨好他们。整个中学时期，涂然变成了我的关键词。我对初雪说："不知道初一的事情为什么到了高中到了现在还在说，这一点都不好玩，这是很深的伤害。"初雪说："你这算什么啊？我也被人说坏话，甚至说我上过手术台。"我没有明白，反问，什么手术台？她嗤了一声，没有回答。我情绪十分低沉，没有觉得她的流言比我更难听。我没有安慰她。我好像觉得她不需要我的安慰，她很强大。

是的，她显得很强我才愿意和她在一起的。我和她们讨论爱情，是因为她们讨论爱情。初雪恋爱了，她说她栽了，栽进爱情的陷阱里了，每天昏昏沉沉思恋那个人，梦里都是他，吃饭端起碗来碗里映现的也是他。我要考好大学，每年考上清华北大的校友们做报告时让我沸腾的血液从来不会平息，我必须好好努力，我不能眼高手低、好高骛远。可是我居然换了位置和初雪坐在一起，我为什么总是背叛自己的感觉，我不得而知。她把腿搁在椅子上慵懒又舒服地看琼瑶和金庸的小说，一本接一本看得很痴迷，看一阵笑一阵。我无法理解，我不看金庸，我不知道韦小宝的好笑，但她痴迷韦小宝的样子是好笑的。我靠近她的怀里，闻到了她的体香，我莫名其妙把她的扣子解开，一粒一粒，慢吞吞的，自然而然，就好像溪水恰好流淌到这里。她扑哧笑出来，放下书，把扣子扣了回去，

"你同性恋啊。""没有啊。"我也笑。她会无端生起烦恼，爆发性地吼叫，夺过我手中的铅笔一阵乱戳。我的左手食指被戳出来一个洞，血涌出来，我疼得眼泪直冒，你发什么疯？疼死我了，我说道。活该，她还是吼。这声活该让我厌恶极了。

我说了她的坏话，她问我为什么说她坏话，她从来没有对谁这么好，我天天跟着她回家，吃了她家的晚饭又吃早饭。是的，我心事重重，自杀倾向严重，但我闭口不提，还谈笑风生。我思索着一百种死法，但是一次也没有实施过。我跟着她回家，只是为了逃避住校。一副柔弱的面孔赢得了她的怜惜，她觉得应该照顾我。

莲灯觉得我很强，因为我会保护她。她的额头亮堂堂的，不是青春期油脂分泌旺盛因而泛着油光的亮，是玻璃一般的质地，像是灯泡。她被同学们取笑，叫她莲灯。她尴尬的样子让我无法充耳不闻。

我们坐在第三排的中间，常常没完没了地闹。莲灯说，你敢不敢在年级组长的课上尖叫一声？我说敢。她说你不敢的，我赌十块钱。她太低估我的玩世不恭了，也高估了年级组长管理我们的严肃。另外，我是女生，年级组长从来不为难女生。我叫了，瞬间，我出格的举动让我深陷无聊感，巨大的空虚袭击了我。我下课后闷闷不乐地独自上山，接着我旷了后面的两节课。我鄙视她们的，她们没有我们农科院长大的女孩子的娴雅文静。我也鄙视自己，我和她们在一起就变成了另一种人。我不理睬她们了。莲灯以为我为那十块钱而疏远她的。十块钱太多了，可以让我们一周的日子过得十分阔绰，我怎么可能要呢。可这一周还没有过完，我又忍不住和她们在一起，买了零食和她们分吃。我们纠缠不休，分分合合。我想告诉她们我的烦闷，话到嘴边随即变成了笑容。初雪借钱不还，她觉得我们应该不分彼此，而我没钱了。我在校园徘徊了几圈，又在秋千上荡了很久，对面的大将山会永远矗立，而我即将死去。就要熄灯了，可是我不想回寝室，我想为所欲为，想离开这里，但是去哪里呢？深圳？我不能，我要好好学习，我要考上大学。我在熄灯号响过之后回到寝室，莲灯问我干什么去了。我说星空很美，她说我神经病。我觉得我多话了，我为什么不能闭嘴。她听出我生气了，又过来哄我，我拨开她的手，她抱住我。我没有提防，摔倒在床头，那里有卡书的书立，薄薄的铁片插进我的下巴，我喘不过气来。我对她说，我被卡住了。她不听，她紧紧抱着我的头压着我，使劲压着。我推不开，书立深深地卡进我的下巴。我要死了，我要死了，我嚷着，我奋力推她。她以为我故意的，她以为我夸张，她以为我矫揉造作。我说不出话来了，开始用腿。我终于成功弯曲了身体，一脚把她踹开。她骤然转变了态度，笑着伸手抚摸我的下巴。我给了她一耳光。她捂着脸哭了，她说她爸妈都不会打她。女孩子的矫揉造作我早就看穿了。所有人的，包括我，所有企图引人关注的矫揉造作、无病呻吟的乖张举止，背后都深藏着巨大的空虚、缺乏和无聊。我已经彻底不愿意迎合她了，不，不仅仅是她，是她们，是所有人。我哭得比被我打了一耳光的莲灯还要伤心。

初雪问我怎么打了莲灯，我把经过讲了。莲灯写了长长的日记，十几年后的今天，她把这篇日记拍照发在朋友圈。

我偷看了班主任的工作笔记，我的名字赫然列在高考有望的学生名单中。我又暗暗下定决心，不能和她们在一起玩了，不能。

初雪说她是陪考场的，她满脸凄然，我一点都不同情她。而此刻，她同情地望着我。她约了高中同学聚会替我接风，我正想阻止，转念又想说不定可以挖出什么关系对妹妹的事情有帮助。

满桌的酒色财气，我很不习惯。莲灯也在，普通中年妇女的样子，望着我吸的烟，问什么牌子。我回答黄鹤楼1916。没听说过，她说道，微微撇了嘴，模仿着场面上的语气。进入了某种场合，会不知不觉模仿这种场合的言行举止。我没有解释，她只知道中华，何况这烟不是我自己买的。我按捺着心里的不耐，我从来没有变过，还是那么纠结，扭曲，充满恶意，中学时候格格不入的感觉又回来了。饭后，他们打麻将，现金码得又高又齐。他们顺利地完成了社会化，而我还在后悔当初没有好好努力，和这帮人成为了同学。桌上横行着各种荤段子，我要么听不懂，要么听得心惊胆战。莲灯的矫揉造作在大家回忆高中生活时自然而然启动，我才发觉她很享受被取笑，这样的角色是这种聚会需要的。我过去对她的保护欲多可笑啊。初雪应酬的风格更加泼辣了，她周身散发着运筹帷幄的盛气凌人，像是霸道总裁，这令她更吸引人。她们很能应付男同学的荤段子，有过之无不及。女人要是彻底放开了，男人都得阳痿。男生说我依然学生气，莲灯提到我动手打她的凶蛮，初雪当即插嘴，这件事情我知道，你差点把陈丽搞死了。我写的有日记，莲灯嚷道。谁不写日记，初雪嚷回去，谁不是在毕业的时候抱着几大本厚厚的日记本滚蛋的？

有两个同学已经得知我的处境，给我敬酒的时候贴着我耳朵说道："你的事情帮不上忙，对不起了。"这话里有着温暖，也有着疏远，因为我知道他们恰恰是有关系的人。

初雪终于被换了下来，她握着面前厚厚一沓钱在桌上敲了敲理齐塞进包里，对我勾着指头笑道，出去抽支烟？我点点头。我们先去了一趟卫生间，随后到花草繁茂的露台上坐下。夜来香、路灯和凉沁沁的夜让我脑子清醒了很多，我在克制自己，可我失败了。

所有的景物开始出现重影，在我努力看清它们之前，我已经把心里话倒了出来："我现在交朋友遵循两个原则，一个有用，一个有益。没用又无益，至少要有感情有趣。感情和有趣都是值得浪费时间的。什么都没有，完全没有必要来往。以后同学聚会不要再叫我了，你看他们傻不傻，傻不傻……人成年了，就是这么一副酒色财气的样子……我很谢谢你的好意。"

初雪大呼："天哪，你喝多了啊……你变得好势利啊。我们同学一年都难得聚一次，还是因为你来才聚在一起的。"

"是的，我一直是势利的，一直势利，我终于勇敢面对自己的势利了。太晚了。感觉不开心，就走开，去找自己喜欢的地方。我已经知道得太晚了。"我说道。

这天的确喝多了，即使我消极应酬，也被灌了好几杯茅台。茅台喝完，他们又搬出了一瓶清甜温和的洋酒，应该是这款酒让我头疼欲裂的，要么就是喝到了假酒。我半夜被难忍的口渴给逼醒，我走进客厅在饮水机前一口气灌了两大杯水，才缓解了干渴。是刘壮的司机送我回来的，他说他和我也是同学，但是他记得我，我不记得他。那你为高中同学开车，会不会有点失落？我问道。怎么会？人的能力有大小，我把这点能力发挥好，也是贡献。他说完，我陪着他笑了，"是的是的。"我连连点头。"我是刘壮的初中同学，不是高中，我没有读过高中。"他补充道。是哦，我应答着。他的坦诚不带刺，随即我们沉默下来，一路无话了。

窗外很亮，今天是满月吧，我的能力是什么呢？我能安于什么呢？手机短信响了，是刘壮发的，问我睡了没有，他想和我聊一聊。我说刚睡醒了一觉，心里明白得像是窗外的月光。他说过来接我，十分钟后到。

刘壮读书时候沉默寡言，独来独往，痞气和正气相混合，时正时邪。他常和社会上的人来往，使得我们和他讲话都有些战战兢兢，仿佛会招惹到巨大的麻烦。

他把我带到花溪宾馆背后的河边，我从未来过。花溪河随处藏着一段隐秘而漂亮的地方。他说这几年太累了，苦得讲不出话来，常到河边静坐。我心里也很苦，也不想讲话。我犹豫了好一会儿，终于告诉了他我拿不到税务局的证明。他说那个东西说有用就有用，说没用就没用，你要从更高的地方着手。什么更高，我问道。你这么多年白混了，他说道。我一直是白混的，我回答。明天我带你去找陶立人，他大学毕业后在北溪区当秘书，他可能会有点办法，刘壮说。啊……我心里惊诧着，没想到关系突然来得这么顺利。找再高的关系都没用的，我已经深有感触，他们只能往下发文件。何况我妹妹的确没什么事，就是大家赌气吧，争强好胜，我叹息着。什么赌气不赌气，你太幼稚了，刘壮打断道，没钱谁会赌气。是啊，我妹妹就是一个背锅的，替罪羊，然后别人分钱，我说道。谁不想分钱，不要替你妹妹说话了，刘壮说，事情我已经帮你打听来了，谁再找你都不要理睬了。是的，我说道，好几拨人说给五万就把我妹妹弄出来，而且干干净净的不留后患不留案底。现在的人啊……刘壮叹息了一声，想钱想疯了。

刘壮读书时候神出鬼没，座位时常是空的，仅和一两个也很神秘的同学来往。有一天，初雪告诉我，他们也是好朋友。从来没有见你们来往过，甚至说过话啊，我惊讶地说道。初雪嗤之以鼻，不予回答。看来神秘人物的来往也是神秘的。

刘壮是留级的，学校为了升学率，高一实行了留级制，但老师似乎挺喜欢他的。对于这样的学生，可能放任自由并表现出欣赏的样子比较好。那个因大腹便便而昂首挺胸的年级组长曾经和他开玩笑，说他嘴上长毛了，不知道剃一下。他不以为然，面无表情。一回老师提问他，他都答对了。老师十分惊讶，说我明明看到你在讲话，你居然都听进去了。他还是面无表情。老师对待学生的态度如此多样化，如果总要做比较，要求同等对待，我们肯定会迷失自我。年级组长就是重点班的班主任，我们的物理老师。老师如此幽默，善于开玩笑，而学生们又那么努力学习，多好的班级。每回我路过他们班，心情十分黯淡，我为什么不找谌婆婆开个后门挤进去呢？可是这样的老师教我物理，我的物理分数依然不尽如人意。我甚至还在他的课上怪叫了一声，他只不过回头瞪了我一眼，继续转身板书。他对差生从来都是以礼相待，甚至做朋友。

说起陶立人，我对他印象深刻。他恐怕是那个承受了最大偏见与歧视的人——引人侧目的乡下特征是什么？他身上有异味，衣服不够整洁，他老实的面孔让我们肆无忌惮地表达自己的一切恶意？

他给我们派发试卷，手指头沾口水黏住试卷递给我，我大叫一声："我自己来。"本来被老师指定派发试卷是一件让人高兴的事。

他很用功，但是学习一般，一方面备受老师赞扬，一方面备受同学歧视。我没有歧视他，我只是对他不卫生的习惯过激反应了。我这么叫的时候，是没有恶意的。掩饰自己的不适就是善良吗？

他是高坡人。

高坡乡是贵阳市的最高处，我没有去过，只听说公路几乎是垂直的，公共汽车低速爬行其上的时候，稍不小心熄了火，可能就会掉到悬崖里；可是汽车经常熄火，车门打开，乘客如果不小心，就会掉进悬崖。总之，总是有悬崖恭候着，随时准备吞噬什么。

青岩镇是一个古镇，也是一个神话。那里随处可以捡到贝壳化石，由此推断，过去这里曾是汪洋大海，印度板块撞击欧亚板块，把云贵高原拱出来了。这是一个很年轻的高原。青岩人津津有味地说着，我只能闭嘴偷听，我很好奇，但是我不能问。

此刻和刘壮坐在河边回忆往事，我才想起来他们对我的敌意并不是没有来由的，是我先刺激他们的。我笑话了他们的口音。我不仅笑话他们的，我还笑话了花溪人的。我真是大胆。我这么冒失，完全是因为我已经习得了贵阳口音的优越感。贵阳人为什么会对自己的口音有优越感，我仔细思考过，是省会城市优越感的延伸。这种现象，世界各地比比皆是，对上口音，就对上了自家人的暗号。比如在杭州菜市场买菜，最好说几句杭州话，这样不仅自尊有保障，菜的价格和斤两上也不会被欺负。学习外语呢，无论是美英或者英英，都要地道。美英口音杂着英英口音，或者反之，或者对半出现，是要被笑话的。像我这种没有语言天赋的，只求别人听懂就好了，笑不笑话就顾不上了。

果然是行万里路读万卷书，我半生出走，终于发觉问题出在自己身上。涂然的事情，不正好给他们一个报复的把柄吗？"学习好，不代表思想好。"——他们如此直斥我。现在想来，这是有道理的，我的"思想"的确不好，我歧视乡下人。他们还骂我妖精。母亲喜欢打扮我，我的衣服是新颖时髦的；而且有很多件，这也是罪过。刺痛了别人，就不要责怪会有反作用力将自己刺痛。人的情绪是漫漶的，会把所有的事情拧在一起绞杀，全盘否定。我初来乍到，没有说谨言慎行，经过一番细心的观察之后慢慢融入同学之中；恰恰相反，我带着省会城市小女孩的矫揉造作，让我陷入了困境。

现在的花溪话已经和贵阳话差不多了，贵阳在变胖，越来越胖，毛细血管不断地生长，长到了每一个村子，长到了每一户人家的门口。村村通让出行变得方便，口音也越来越趋近。

说起青岩人，我想起了班红梅和班红兵两姐弟，他们让我怕得发抖。我睡在下铺，床理得非常整洁。我以为占住了一个好位置的下铺，自己方便了、享受了，没想到同学们吃饭聊天，总是就势坐在我的铺位上。为此，我不得不铺一块绿色的塑料布，以免同学们坐脏了床。一回我晚自习回来，班红梅盘着腿坐在我的床上大嚼我的梨子。她吃得津津有味，溅得梨汁和唾沫齐飞，床铺还被弄得一塌糊涂。我目瞪口呆，忍无可忍，问她怎么可以吃我的东西，怎么这样坐在我的床上。

我还带着儿童弱小的心态，高年级的住校生我是仰视的，都看作大姐姐。她念初三，高我两届，平时表现的泼辣粗鄙已让十一岁的我胆怯。她当众打屁，故意用力发出巨大的声响，随之大笑一声叫着，舒服啊！那时，我们正在吃饭。她如此肆无忌惮，我们又反感又无奈，完全被震慑住了。"你怎么这么没有衣食？！"另外的初三生发怒了。"你不放屁咯？是人都要放屁。"她哈哈嘲笑着，再怎么愤怒的声音遇到她的无耻都变得无力。

果然，她说，吃一个有什么稀奇嘛，你家里有钱噢，给你带这么多好吃的。

我给寝室长和生活老师告状，可是毫无用处。她根本置之不理，也不找我麻烦，反而嘻嘻一笑道，你噢，告我哦，告我偷东西。

我把零食藏在被窝后，没用，她翻了出来。望着松散的被窝、歪斜的枕头，我心里十分无助。怎么会这么不要脸呢，没有人管得住她。家里再让我带零食，我不带了。而她居然养成了返校那天就来找我的习惯，嬉皮笑脸地问我，陈丽，你怎么不带吃的来了？

父亲给我买了一个带锁的箱子，我的零食终于安全了。

至于她弟弟，常常突然出现在我身后大吼涂然的名字。他们姐弟两人如此折腾我，令我胆战心惊。

班红兵是这样的人啊？不可能哦？刘壮说道。

怎么不是？刘壮护祖班红兵的态度不仅令我吃惊，还令我反感，而我又为自己至今还有如此强烈的愤怒再次惊讶。儿时受到的欺辱犹如深海底细细密密冒出来的泡泡，我听到巨大的气泡浮出水面发出了清脆的迸裂声。

"班红兵现在是一个企业家了。"刘壮说道，轻描淡写的，大约为了和缓我的情绪。

"哦……"我嘀咕着，心里依然邪气四溢，"我永远没法原谅他们，永远。"

夜深了，露水沉降下来，手臂上生起寒意，我拉下袖子，紧了紧领口。河面的雾气洇湿了河边的杨柳，杨柳重了，月亮隐进云层里，水面的光收了起来，四周黢黑，溪水悄悄地在耳边流淌。我从香樟树下移到无遮无盖的草地上，凉意减轻了很多。刘壮依然躺在香樟树下，沉进了某种时刻里。隔着时光，旧地变得温柔了，但我依然不愿意欺骗自己。

"我读书时候是什么样子？"我忍不住问他。

他沉默着，好像睡着了，我看不见他，夜太黑了。读书时候，我们没有说过一句话，此刻这么近，只因我们曾经同学了三年。我静静体会着同学之谊带来的天然的信任感。没想到这段让我心神不宁的日子，暗藏着绝对信任的友谊。那时候我有好多秘密，好多难以宣说的情绪。我战战兢兢，惶恐惊悸，等待着早些毕业赶紧离开却一次又一次滞留在那里。是的，在我第一次高考失利之后，我又回到花溪去复读了。而且是我主动提出来的，我主动回去的。过往的痛苦翻涌上来，在安静的夜里堵住了我的喉咙，我胸口痛得像是海啸爆发。我想要一切重新来过，我从来不曾到过花溪，从来没有。

"你长大了，一副拒人千里的样子，有时候又疯疯癫癫的，有点神经质。"黑夜里传来刘壮低沉的声音，我按停了在爆发的情绪，抹了抹眼泪。"那种疯疯癫癫，我觉得，可能是你太孤单了，需要发泄一下。会发泄是好的。你小的时候好乖。你第一天到校的时候，迷路了，在皂角树下的花坛边蹲着哭兮兮的。我问你怎么了，你说不知道女生宿舍在哪里。我带你过去的。那时候你好小噢，小小的一个，又乖又小，像一个娇气的小公主。一张脸紧绷绷的，还没有长开，皮肤又光又亮，眼睛大得一眼就看到了眼睛。"

"我初一的时候，你就认识我了？"我竭力轻松地把这些字吐出来，我的喉咙里还塞着鼻涕眼泪。我没有擤鼻子，不想让他知道我哭了。

"我初二啊，笨蛋。"

夜色里，我无法表达惊讶。我之所以注意到他，缘于他是为数不多的几个高一留级生。

"我理解班红梅，那是她的生存策略。嘴馋，不找你要吃的找谁？"刘壮说道。

"你怎么和陶立人关系这么好？"我问。

"我给他打菜啊什么的，就好起来了。"

"打菜？"

"他每个星期就带一瓶辣椒，怎么吃？我一天一碗肉都不够。看他吃的，觉得太造孽了，我就给他打菜，冬天给他带件衣服。有一年火车票费也是我给他出的。"

"哦？你是在资助他？"

"不能说资助……"

"就是资助。"

"资助是你说的，我不觉得。"

"他好老实噢……那些狡诈无赖的又太无耻了……两种极端。"

"他现在不老实了，他现在好玩得很。"他笑道。

"我从来没有去过高坡，据说坡陡得公交车会掉到悬崖下面去。"

"夸张，明天我带你去。"

月亮隐没，虫鸣幽幽，溪水在心里安静地响，我想游泳。很多年没有在花溪河里游泳了。儿时的事情历历在目。我参加过游泳队。遴选队员是在冬天，我从来没有在冬天游过泳，心里忐忑不安，但是成为队员的强烈愿望硬撑着我。热身后，别人直接扑通扑通跳进水里，我按捺着自己的担心，瑟瑟缩缩摸进水里。我在水里奋力划了一圈爬上岸，身体不仅仅是暖和，是热。那是我唯一的一次冬泳。

我热衷于各种课外活动和兴趣小组。我还参加了体操队，后来也参加了足球队。这是一所条件优越的学校，我们有标准训练馆、标准足球场。海外华侨校友赠送了二十台苹果电脑，我第一次上电脑实验课就把程序写对了。当我一发出"run"的指令，结果在屏幕上哗啦啦"跑"出来的时候，我得意极了。现在回头看那时候的我，丝毫不懂得掩饰自己的得意，是够讨厌的。我还被选中参加奥数培训，至于竞赛，就无缘了，我已经接受了我不是天才。

这是 1937 年逃难到贵阳的清华大学大学生建立的中学，这是让我骄傲的学校。

我在初一下学期把所有的兴趣小组都退了。我不好意思直接向游泳队老师请辞，而是请班主任老师转告。我后来在校园里与游泳队老师狭路相逢，我正局促地企图躲避，她主动叫住了我，问我，每周只有三次活动，也会耽误你的功课吗？我点点头。她说需要劳逸结合的，你还想回来的话，可以随时归队。我又点点头。我那害羞的心情犹在心中，我像信任母亲一样信任班主任。

我脱去了衣服，小心地扶着岸边滑入水中。我不想做一个特立独行的人，我不喜欢我行我素，我一直寻求着同学和老师的认同，然而我最终变得格格不入。我从来没有安于孤独，没有，我一直拒绝孤独。

我气喘吁吁爬上岸，刘壮递给我一块毛巾。"把水擦干了再穿衣服。"他说道。

第九章

　　我们到花溪河边的小吃街吃晚饭。刘壮要的各种烧烤把不锈钢铁盘堆得危如累卵，"你这么能吃肉啊？"我问刘壮。"就是吃肉吃多了才这么精干巴瘦的。"他说道。"那少吃一点啊！"我回答。我还在迷迷瞪瞪的，没有听出这句话的幽默。"想不到你还挺能打的，不惹事不怕事的高大形象赫然树立在我的面前，让我油然起敬。""就是个子长小了，才偷偷去练的。"刘壮回答。"你也藏得太深了。"我说道。

　　我最喜欢的小吃是烙锅臭豆腐，我把发得稀软的豆腐块一片一片夹开搁在炭烤炉上。不一会儿，筷子头就沾满了稀烂的豆腐。这些在我看来都蕴含着臭豆腐的香味精华，有些舍不得擦掉。我是珍惜食物的。小时候吃饭，父母要求不准掉饭粒，还必须把碗吃干净。从小养成这样的习惯，让我在应酬的时候产生了一些强迫症。我后来摆正了心态，应酬的主题是应酬，不是吃饭。饭菜是锦上添花用来渲染气氛的。一大桌子饭菜只要摆满了桌子就完成了它们的使命，至于它们能不能被吃掉，根本不重要。我大学时候的男朋友就有这个毛病，如果一个人爱惜食物，他就简单地将之归于家庭条件不好，小时候没吃过好东西。我反驳他，万一别人不仅家庭条件好，家教也好呢？他那时候就开始应酬社会各界人士了——准确地说，应酬各界人士的子女。他一副拉帮结派、毕业之后就要施展拳脚大干一番事业的样子。我觉得他幼稚，像是乡下小孩子模仿城里大人穿西装。我没有告诉他我的看法。他们每每在校门口的餐厅聚会，莫名其妙点一大桌子菜，桌上摆着好几瓶白酒，而饭钱在哪里都不知道。有时候已经熄灯了，他突然在楼下叫我，向我借钱去付账单。如果实在付不出来，餐厅允许他们赊账，就是对面大学的大学生，还能跑了？现在分析起来，我和他对这个社会的理解是倒过来的。他认为这个冠冕堂皇的社会之下都是腐朽的潜规则在运作，他在演习如何运作这套潜规则。我认为这个社会的内部就是正直严格的，潜规则是合理竞争之余的灰色手段……思索到这里，我摩挲了一下痒痒的鼻头。我居然把臭豆腐给粘到鼻头上去了。"把臭豆腐粘在鼻头边挺好的啊。"刘壮笑道。下午我坐在刘壮车里穿过花溪街的时候，迎风飘来一阵臭豆腐气味，我深深吸着鼻子捕捉这迷人的香气，被刘壮取笑了。

我大学男朋友长得高大英俊，他对自己的外表是得意的，像那些自恃漂亮就张扬傲慢的漂亮女人一样；或者说，其他帅气的男人也有这个毛病，但是我不知道。我对这个世界的理解始终是有问题的。我问他为什么追我，他说他们寝室打赌，他不敢追我，他就来了。这个理由让我很生气。既然是打赌的，那么回到寝室必然要去汇报，我和他的事情一开始就属于必须公开的。更可气的是，我们寝室的女生一口咬定我很爱他。我那时候脾气还没有长出来，还只会闷在心里生气，我心里嘀咕着，喜欢他的是你们。有一次他不经意提起我的高中同学告诉过他什么。我问什么？我表面轻描淡写，内心已经起风。然而随即他说，没什么，都是好话。我不相信是好话，我忍住了没有追问。我以为进入大学，我终于可以重新开始了。然而花溪的风防不胜防地吹进了北方的这所普通高校——我的命运在十一岁那年定了调，随后一直单曲重复。至于我来到北方这所风沙漫天的城市，又是一次被班主任决定的命运。班主任终于在我这里变成了抽象名词，而不是一个个具体的人，他们无论是男是女是年轻是年老，都无一例外地对我有成见。我为什么总是把责任推给别人，为什么？我明明可以自己决定的，是我自己把这个决定权放给他的。不仅仅是我，是我的整个家人放给他的。我们太相信班主任了。班主任那时候就是神。他把握着自己的神权，把我放到这所比我高中的普通班还不爱学习的大学。学生除了谈恋爱，就没有其他娱乐活动了——这是 90 年代大学生活的贫瘠。我一掉进这个环境，完全无力自拔了。我大一的时候还信誓旦旦要过英语四级，还报名参加了德语学习班，大二就彻底随波逐流了。我又开始了命运的重复，早点毕业吧，早点毕业离开这个北方黄沙漫天的地方。

刘壮不就是主动掌握了自己命运的人吗？我个性孱弱，却怪环境不养人。

刘壮打开一瓶茅台酒分进三个玻璃杯里再分别放在我和陶立人面前，陶立人伸出手在桌面上叩了叩，像是接茶。只在他分酒的这会儿，我就胡思乱想了这么多。我按按自己的太阳穴，希望它们暂停休息一会儿。回忆不断如此涌上来，可能是我对自己无能的悔过，如果我混得风生水起，那么拯救妹妹就是小事一件了。没有身份没有钱，给妹妹打官司就是一场根本无法预测结果的硬仗。

"陈丽想吃小吃，我们在这里不委屈你吗？"刘壮和陶立人开着玩笑。

"委屈哪样哦……"陶立人嘴角咧了咧算是一个微笑，"她大老远回来，肯定想吃这些。那边的菜吃得惯吗？"

"刚开始那边根本就买不到辣椒，就被逼得不吃辣了。现在什么都买得到，吃也可以不吃也可以了，随机切换没有问题。"我竭力将自己沉入此刻的语境中，享受当下的同学小聚。这种聚会暖心很多。我和刘壮是好朋友，刘壮和陶立人是好朋友，那么我和陶立人也是好朋友。

陶立人表情单一，像是木刻的人。他一向表情少，无论在语言方面，还是表情方面，他都不善于表达自己。他曾经的木讷现在变成了值得信赖的沉稳，这很利于他在官场发展。他寡言少语，我和刘壮也变得拘谨了起来。我默然烤豆腐吃豆腐，解了馋之后，又要了一碗折耳根。我听着折耳根在牙齿的咀嚼下发出的折断声，酒足饭饱感才渐渐包围上来。我的脸颊已经在发烫，酒也去了一半，我居然自斟自酌喝了这么久。我是一个缺少规矩的人，我很难被规范，我容易忘事，我只沉湎在自己的世界里，我举杯对陶立人说道，都忘记敬你了。客气什么，老同学了，这么吃着不是更舒服？陶立人说道，还是举起了杯子。陈丽的事情你要挂在心上哦，刘壮对他说道。我这才想起来我们找他的主要目的是什么。我把老马叫过来嘛，陶立人对刘壮说道。对的，赶紧叫他过来，还是你脑子清楚，我被人打蒙了，刘壮笑道。陶立人和刘壮商量的态度，让我觉察到自己大约已经一副赖上刘壮的样子了，事情都推给他做了。我赶紧插嘴，老马是谁？是区委的法律顾问，怎么办你妹妹的案子，就是他们出的主意，刘壮回答我。我闷声夹了一口折耳根，又听着脑腔里响起清脆的折耳根被咀嚼的声音。我想起给法院给检察院送材料的那些折磨，那天适逢检察院送法下乡，我一路山高路远地颠簸，把一沓不知道有用没用的厚厚的材料交给壮硕的检察官。我还在高院的开放日去投诉。而今天，我要和办案的法律顾问一起喝酒。

凉风习习，把酒劲吹平了，刘壮又开了第二瓶。你的后备厢到底放了多少酒啊？我问他。他笑而不语，把分好的酒递给老马。这回我已经意识到这是一场应酬，而不是同学聚会，我给老马敬酒，带着最为谦虚的态度解释着妹妹被家里宠坏了，什么都敢乱说，惹出来这么大的祸。就好像妹妹得罪的是老马，我在给老马致歉一样。老马油滑，他正经中带着玩笑、玩笑中又谈着工作，非常自如。他应该已经知道我在网上发帖了。我觉得还不如直接敞开来说，我发帖影响到你们没有？那些东西没用的，他回答。我一边和他闲聊一边在心里想着写文章写材料，我一直和我在新闻媒体工作的硕士同学保持着联络。硕士学习期间，也是一段并没有如愿开启我理想人生的颓废时光，我已经颓废成了习惯，病已养成，沉疴难治了。我按着自己的太阳穴，又把一段让我后悔的时光按了下去。能不能劝劝老大放过我妹妹呢？我直言说道。我求过了很多人，我找过电视台的领导去问，对方直接回答你不要管。这口气很社会很管用，别人这么回答我之后，我就放弃了这条关系。回来之前，清表弟在省里的一个朋友也问过是不是一定要办这个案子？对方也是回答，你不要管。这回，是第三次做出这样的要求了。老大倔的，老马说道，何况现在骑虎难下了，大家都顶起了。是啊，我已经做了这么多事情了，我也觉得我骑虎难下了，我心里想着，除非我亲自去找他了。我按着就要崩裂的太阳穴，心里叫着，为什么一定要这样呢？事情太复杂了，已经超过了我的记忆能力。我想把我所有做过的事情全部打包忘记，回到十一岁，我没有到花溪读书，我守着哥哥，我把哥哥照顾得很好，他身体恢复了。长大后，妹妹的事情都交由他处理。我尽想些没用的。

陶立人穿了一件便西装，白衬衫熨烫得平平整整的，领子白得发亮。他小时候一定不敢想象他有这么体面的一天。他们三个喝开心了，陶立人的酒终于到位了，话多了起来，很多事情只有男人之间才方便交谈。我满心感激着刘壮。他们聊得兴兴头头，我又管自己发呆。搞了半天，你们又是同班同学啊？老马突然掉头问我。啊？我惊愕了一下，什么一个班？他们两个是同班同学、死党，你和他们也是一个班的？老马说道，酒红的眼睛像是裹了一层琉璃，这个人的眼睛毫不浑浊。是的，我点点头，说道，我后来又复读了一年，在包勇兴的班考上大学的。包勇兴啊，和我好得很，我随时打电话他随时出来和我喝酒，老马说着，手就开始掏电话。不要不要，我不喜欢他的，他很重男轻女的，我混得不好，他不会喜欢的，我连连拒绝。他们三个笑了起来，我才反应过来我太当真了。我这种迷糊的状态什么时候才结束呢。男生和他关系都好，刘壮和陶立人和他关系也挺好的。读书时候，他们即使一长排稀稀疏疏立在走廊上聊天，也像是一道铜墙铁壁，有一种密闭性。男生一个个都比包勇兴高了，声音硬朗得随时可以击碎他的；但只要他一讲话，男生们就闭嘴仔细聆听着。他们谈笑风生，像是朋友。这是课余时间，老师只和他们做朋友。他们骤然哄然大笑震得我们那栋苏联援建的木楼簌簌掉着墙灰，而那愉悦的尾音又将这些尘灰吹得更远。

"是的，他是有点重男轻女。"老马说道。

"他现在是校长了，我更加不晓得怎么和他讲话了。"我回答。

老马听着，低头拣了一颗花生米扔进嘴里，又拿起一串羊腰啃起来。我又对自己交浅言深的轻率感到后悔。"只要想起一生中后悔的事，梅花便落满了南山。"——这首诗让人惊艳和沉思。

我已经回到了农科院的子校复读，我的分数在高复班中是优等的——这令人羞愧的优等。补习班的班主任老师相信在他的辅导下，我可以考上重点大学。这所学校已经变得非常清静了，高中部的学生几乎全部迁到了花溪中学，只剩下了十几个学生。我为什么会离开呢？我需要很久以后才能对比出来那时那地的优越性，那最舒适和最安心的环境，以及我最需要的父母的陪伴。

我经过深思熟虑，做出了一个错误的决定。我揣着一笔"巨款"，再次离开父母，离开了农科院，去到花溪。我忘记我曾经为了离开花溪，把衣襟哭得湿透。而这回，我已经十七周岁了，我自己决定回去的。那是我人生揣的第一笔巨款，当时最大的人民币面额只有十元，厚厚一沓三百元现金被我藏进书包的最里层，我没有像平常一样任由斜挎的书包拍打我的腰，我时不时伸手按着书包，让那笔钱紧紧贴着我。我坐着令人厌恶的肮脏的郊区车又来到了花溪。我满头大汗，穿过安静的校园，找到办公室，找到包勇兴，我向他报名，把钱递给他。这一路的担惊受怕结束了。我接过他递给我的收据，终于安心了。

家人对我的评估和班主任对我的评估总是有着巨大的落差，填写志愿的时候，家人和朋友们拿着招生报翻来覆去研究了好几天，最后姑爹给我定夺报了无锡的一所高校。他是贵州农学院的教授，微生物教研室的主任，恢复高考后第一批硕士导师，他调酒，也很会喝酒。他对我的宠爱远胜他的一儿一女，原因嘛，简单得不可思议，只因为他们不读书。他们早早就进入社会工作了，他们喜欢吃喝玩乐，享受最新的时装，吃西餐泡酒吧出入舞厅。他们还没有结婚，在恋爱，他们的恋爱闹腾死了，姑爹总是叫他们带上他们的朋友回去。"小丽丽要复习功课。"他如此直截了当也不容反驳。表哥是回贵阳城里的家，表姐是回她男朋友家。我已经住到姑爹家了，占据了表姐的卧室。

我们的初拟志愿填报单发下来以后，班主任给我改了志愿，是北方的一所高校。我问姑爹，这样行吗？学校为了升学率或者学生为了考取大学，处心积虑，千军万马过独木桥的渲染让每一个人紧张万分；尤其我这种分数波动大，考运又非常有限的人。家人倾向于信任班主任，按照他改的志愿填报了。

等待分数的日子是难过的，我惴惴不安。那个暑假的大半时间我住在姑爹家。他的学校也放假了，我们去钓鱼游泳。他在上游放下他的鱼竿，我在离他远一点的下游下河。我绕开他的"塘子"，奋力划水游到小瀑布下，然后翻身仰躺在河面任河水将我冲下去。我常常被冲到河岸的另一边，我爬上河岸，望着对面的姑爹，一个秃顶老教授很孤单很安静地坐在树木葱郁的河岸边。表哥早先不好好读书，和女孩子在河边约会。姑爹听了老师告状，沿着河岸四处找表哥，表哥躲在岸边的灌木丛里偷瞧着姑爹来的方向绕路先逃回了家。表哥给我说的时候，哈哈大笑。我也跟着大笑，又心疼被蒙骗的姑爹还在继续寻找，费着力气绕山绕水。

在大晴天太阳太晒的时候，姑爹会带我往上走一些。我们越过小瀑布，来到河面平静如镜的黄金大道。这条路十分宽敞，路两边种了梧桐，树冠高大茂密。秋天落叶铺地，一层叠一层，叠成一张厚茸茸的黄金地毯，所以叫作黄金大道。黄金大道金灿灿的，河水碧绿清幽，不远处色彩艳丽丰富的山峦起伏延绵，我和姑爹安安静静地钓鱼、游泳。这里常有小贩挑担上来卖烤豆腐、冰粉等小吃，我游完一圈，吃一份烤豆腐，又下河。

路边的那排梧桐树向河面探出它们的树枝遮出阴凉，让本来十分平缓幽深的水面变得更绿更静。这种幽静让我害怕，有种深不可测的不安全感。姑爹一天和我说，三天了，那个人的那双鞋还在岸边。有人一个猛子扎进去，被吞噬了。我更喜欢欢腾的水流。

　　姑爹是江苏镇江人，山东大学微生物专业毕业支边到贵州的。

　　姑妈和妈妈的关系又黏着又敌对，她们有攀比心，让姑爹、父亲以及我，都很为难。我高估了我的作用，以为我可以做她们的润滑剂。她们是我的先验世界，她们的问题在我之前就有了，也没有因为我一直竭力扮演一个好孩子而缓和。我以为我是一朵美丽的花，可以把这个世界装扮得很漂亮，真正地漂亮。没有，我自以为是地参与，只让矛盾更深入更激化。

　　我按按自己的太阳穴，太痛了，我抓住了刘壮的手，对他说："我脑子一直在燃烧，如果哪天我精神分裂了，我丝毫不奇怪。""酒没有喝多吗？"刘壮笑道。陶立人和老马已经回去了，他们对我和刘壮的关系没有猜测也没有表现出任何态度，似乎一切理所当然。至于这理所当然是什么，我不知道。已经两天了，刘壮没有任何来电也没有拨出过任何电话，他应该很忙才对。我没问他的家庭情况，只从他的陈述中获得一些零星的信息，他父母是化工厂的高级知识分子。我脑中闪过一个念头，他像哥哥一样照顾我。

　　"我妹妹很苦命地蹲在监狱里，我却在玩，大吃大喝，心里全是犯罪感。"我对刘壮说道。

　　看守所就在不到五公里远的地方，和我的母校相邻，都在大将山下。读书时候我们常常在位于山腰的宽阔的水渠上背书，慢悠悠荡着就会走到看守所那边去。那里围着森严的铁丝网，武警手持粗大的棍子在屋顶巡逻。

刘壮喊老板来付钱，老板回答他陶立人已经付过了。

夜更深风更凉了，潺潺的溪水声越加清晰，风从稻田间穿过，送来的稻花香时甜时涩，蛙声此起彼伏，终于把我内心的喧嚣压了下去。以前爬大将山是我们体育课的必修课呢，我对刘壮说。那我们去爬大将山，刘壮说。啊，我吃惊地看着他，有没有这么疯狂？读书时候不是经常晚上爬大将山吗？刘壮说。晚上我们私自跑的，是小将山吧？那就爬小将山。那我先去看看看守所，就当是看看我妹妹。

小将山比大将山稍矮，偎在大将山边。母校就坐落在它们紧紧相依偎的臂弯里。住校生时有半夜去爬小将山的，小将山地形比大将山简单，山路也容易走。地理课上，老师把大将山的植被作为例证给我们讲解了常绿阔叶树、落叶阔叶树和常绿针叶树的区别，又以大将山山脉的走向为例给我们讲了气候的变化。每逢下雨，大将山顶隐没在雾霭中，半山茂密的松树林云雾缭绕，富气含灵，仙人呼之欲出，正等着我们许愿。下雪时，墨色的松树林深一摊浅一摊地洇染出水墨画，衬出皑皑白雪的高光。这种时候，小将山似乎含情脉脉与大将山相望，心里藏着很多话，说不出来，只有默然相守。我是一个相信神秘力量的人，我是一个万物有灵论者。我每回走在花溪大桥上遥望大小将山，心里就会透进阳光。

校园变化很大了，除了实验室，那几栋簌簌往楼下教室掉垃圾的木楼，都拆除重建了。尤其初中部的地板是木头的，楼上的班级半是偷懒半是搞笑，总把垃圾倒进木地板的缝隙里，浇了我们一身一脸的垃圾。初中生是半人半兽的，随时会使坏。一个胖嘟嘟却十分文气的男孩子被男生们追着满山逃，那几天男生们的乐趣就是举着他把他往地上蹾。他那涨红的汗湿的脸让本来就白的皮肤更白更细腻了，像女孩子。他越害羞男生们就越是要整他。

刘壮带着我找着过去的山路。大礼堂也拆了。过去礼堂背后有一个花园，也是我们背书吃饭的好地方。花园后就是山，一个陡峭的山路爬上去，有一处高高的平台，像高坡云顶草原一样，是一大片平整的草地。这里也是背书游戏的好地方。我们下午课后，就四散在这些地方读书聊天。一个爱读书的学生要把自己藏起来是多么容易啊。

山路修过了，铺上了石板，路边建了一所小巧的亭子，还把当初任其流淌的泉水给造了井和井栏，一个新修的图书馆掩藏在树木中，那一大片平整的草地被用上了。另一条甬道通往学生公寓。唔，叫作公寓了。我们的时代叫作寝室。我们条件差，厕所是公用的旱厕，更没有热水。水房就建在楼梯下，每回洗漱或者饭后洗碗都拥挤不堪。晚上熄灯之后，常常听见老鼠在天花板上成群结队地奔跑，它们如果不是在群斗，就是在竞赛，玩得多么欢快啊。那个公用厕所流传着鬼故事，时不时有女生在起夜的时候尖叫着从楼下飞奔上来。很多人在那个时候落下了病根，患上了风湿性关节炎、慢性肠胃炎。

没有路了，只有一堵不算高的围墙。刘壮看看我，我看看他，我们知道彼此在想什么。过去住校生在夜间偷偷跑出去看录像或者夜游花溪公园回来，不就是翻墙吗？我们已经三十五周岁了，我对刘壮说。三十五岁又做什么？刘壮回答。可是我们真的已经三十五岁了，我还是说。错了，我三十六岁了，刘壮笑道。他麻利地攀上墙，用手机照了照墙下，嘿嘿笑着。怎么了？我问。有些东西是有时代性的，有些没有，他说道。翻墙吗？我问。你先上来，我怕你怕，他说道。是的，我会怕，我说着，手脚并用爬了上去。你当年也没有少翻墙吧，他说。只有一次，还是足球场边那段围墙塌了才翻的，我说。他把我扶稳坐在墙上，先跳了下去。那触地一声结实的"嘣"，让我心里很踏实。他伸出手接我，我俯视着他。这个混合着痞气和正气的神秘男生，没想到有一天我和他这么接近。我在变回那个胆怯的初一生，我的乖戾、泼辣和奔放还没有被刺激出来；在我没有变得无法控制自己之前，我找到了自己的安全感。我希冀一个青梅竹马的男孩，我们永远幸福地在一起。我忠诚而温柔地陪伴了他一生，他以他的忠诚和温柔回馈我。我们平安而快乐。

我趴在刘壮的肩头，闻到了他的气味，清香的气味。他抓着我的手，我们沿路而上，没有几步就到了水渠边。我们的手一直握着，直到汗沁了出来。看守所在大将山的另一边，我们沿着水渠走着。路边种了银杏树，秋天的时候，放黄的银杏热闹极了，像是放肆燃烧的火焰。此刻，我听着草丛里各种声音，有虫有鸟也许还有蛇。我放开的手又握紧了刘壮。

"前方山洼里几排灯火通明的建筑就是看守所了。"刘壮对我说。是的，灯火通明，灯杆高高矗立着，像是高速路上的灯杆。这里十分明亮，像白天一样明亮。不，白天的明亮是自然的，这里是人造的。人造的明亮。四周拉着铁丝网，武警在屋顶上巡逻，有犯人在鬼哭狼嚎，武警拿着铁棍敲着铁栅栏让他们安静。

"我妹妹怎么睡得着啊。"我说道。她的讲究简直到了矫揉造作的地步，她才让我送去新被子新被单。她是过敏性体质，和我一样。我们不仅仅是身体不健康，我们的心理也有问题。"哎，我妹妹的注意力总在旁枝末节上，总是不干正事。"我又说道。

"她没有什么错，她唯一的错是没有保护好自己，"刘壮说道，"不保护好自己怎么玩得过别人，法不容情。"

他的口气有点油滑，我假装凶悍的口气说道："老子说……又不是香港电影。"我笑着，眼泪淌了下来。

"把自己玩进去了，只能老老实实讲法了，有什么办法。"

"其实有人和我谈过了，给十万块，她判一缓一。"我忍不住哽咽，肚腹在翻江倒海，"但是我不甘心，我还想挣扎。"

"可以的啊，还没有最终判决，判决了还可以上诉啊，都可以。"刘壮说道，"你心里都是委屈，你也要出一口气。折腾到累了，折腾不动了，就会停下来的。我陪你。不管输赢，我都陪你。"

我不知道怎么爬上山的，刘壮一松手，我就累得躺到了草地上。一轮圆月高挂天空俯瞰着我，云追着月，忽而缠绕忽而松开。"月是故乡明。"我对刘壮说道。我体会着我对花溪的喜欢，是的，喜欢。我必须喜欢它。

"我父母是贵阳人，他们认为贵阳不好，乱，女孩子要在僻静的地方成长才是安全的。他们觉得花溪好，是乡下郊区，淳朴。他们怎么会有这么天真的念头？他们怎么舍得把我扔在一个完全陌生的地方？不，我当时很渴望当住校生，我兴兴头头来的。我很骄傲。我还记得刘燕羡慕的眼光。后来刘燕问她妈妈，她妈妈说太小了去住校不好。被她妈妈说中了。她妈妈是我所见的带女儿带得最好的。我这么给我妈妈说的时候，我妈妈生气了……我在杭州订好机票打电话通知家里，我爸爸接的电话，我对他说我明天回来，我妈妈居然说，你又帮不上忙，回来干吗。我心里好难过啊……"

我有好多话要讲，但是我没想到居然和刘壮说这些。我的话太多了，随便捡一根，都会扯出一大团乱麻。我还是闭嘴吧。

空中流荡着金色的月华，染了云，也染了山河。我在广阔浩渺的天空下变小，变成了一只蚂蚁，继续小，小到一个肉眼无法看见的点。这世界的一切都是微不足道的，即使时间不能洗刷痛苦冲淡记忆，也会让那些难熬的日子走远。哥哥是一个痛苦的巨碑，时间的风吹得越劲，他越加高高地矗立。妈妈，哥哥没有了，还有我，还有我讨厌的妹妹，我们不能好好活着吗？

为什么我会认定这个世界该是快乐的圆满的？

我站了起来，往前走了几步，花溪豁然铺陈在我的脚下。曲折的街巷灯光璀璨，花溪河碧玉妆成蜿蜒在山谷，月华像是黏稠的炼乳洒向大地，却又清透。明明天青地朗、花好月圆，我为什么这么愁苦？身后高耸的大将山变得如此之近，却又有咫尺天涯的危险，不小心踏错一步，就掉进夹缝中的悬崖里去。

高中时候十分羡慕深夜结伴爬山的同学，羡慕他们坚固的友谊，羡慕他们的率性而为，羡慕他们热烈而狂野的说做就做。

我憎恶你的司机，我们的初中同学，范晓春，我差点咬牙切齿地说出来，我及时吞了回去。我的嗔恨太多了。

我们的校园坐落于大小将山合围的山脚，又有花溪河蜿蜒而过，天然拥有了很多可以隐藏我们的地方。我们的食堂起初紧挨着河，甚至有一角像是吊脚楼一样伫立在水里。我们去打饭的时候，如果时间还早，窗口还紧闭着，我们可以去蹚水。那段水不太好，有一道道黑的黄的食堂的污水排泄，令人恶心。少女时候是很容易发恶心的。往上十几米就不错了，鹅卵石铺底，河水清浅，水草柔曼，发会儿呆，正好休息眼睛。后来，沿河修路，我们学校就往后退了几十米，让给了公路。

打饭总是拥挤的，高年级的同学根本不讲秩序，不排队，学校提倡了好几次，没用。那是一个嘲笑文明举止的时代，一个老老实实排队的人是可笑的。我又小又矮，每当有肉包子卖，嘴馋了去买，总是被挤得心窝疼，透不过气来。有一次我抬起脚，人果然不会掉下去，然而边上的人会说："你站好，重死了。"原来力量还是会传给周围的人。

"前面这个小姑娘好乖哦。"有高年级的男生说。我回头，看不到人的脸，我紧贴着他的肩膀呢。

"乖又怎么了？莫非你要等别人长大了追她？"

"女大十八变，天晓得她长大了变成什么样。"

"这么乖，不会变到哪里去的。"

这种议论让我紧张，我不敢回头了。

周末我回到家里问妈妈，什么叫作"追"？妈妈回答，你长大了就知道了。

这些需要长大以后才知道的事情，我并不着急，就像我看《红楼梦》又看出了奇怪，云雨情猜不到什么意思，然而这个词有诗意，只好问妈妈，她也是这么回答，你长大了就知道了。我"哦"一声，安静而顺从地接受了妈妈的回答。这个问题没有让我急于长大。我童年的时候焦虑过什么？死亡。第一次焦虑死亡是八岁的时候，我意识到人是会死的。这种意识让我害怕，并且在那几天时刻萦绕着我，我忍不住为之落泪，而我又知道这个问题不能用来打扰母亲。我躲在哥哥的小房间偷偷哭，哭得手绢都湿透了——这种悲伤莫名其妙，像是与生俱来而终于听到这个消息被触发的。房间是直筒的，妈妈走进走出忙着家务，可是也发现了。"你哭什么？"她问。我说，人会死的。是啊，会死的，但是有什么好哭的，妈妈说。我没想到如此令人悲伤的问题，妈妈居然一笑带过。这问题太困扰我了，我也问哥哥了，哥哥，人会死的。哥哥说，还早着呢。

这次沉重的悲伤之后，我暂时忘记了这个问题。它偶然会袭击我，但不至于让我陷入滂沱泪雨中。父母订了很多杂志，包括《奥秘》之类的科学刊物，那让人心悸的介于科学和灵异之间的种种现象，比如外星人、UFO，都让我又好奇又害怕，这就是一个人初始的敬畏之情吧。《奥秘》到了，我会缩在被窝里一口气看完。被窝是一个非常安全的地方，钻进去，蒙住头，谁都找不到我。

高二，我又一次陷入这样的心理危机，我感觉自己十分孤独，像是一颗孤悬在太空中的行星，无边的黑暗让我恐惧，然而我又是永生的——因为已经死亡了。我经常感觉胃疼胃酸，胃部的不适感就是孤独感。每当我说起孤独，就伴随胃部不适。我还是那个问题，人会死的，为什么要生下来，人活着为什么？我丝毫没有想到人的出生可能只是一次性欲的冲动。我的忧郁让我无法身处人群，好在学校就在大小将山合围的山脚下，藏匿于某个角落背书或者发呆是容易的。如果对校园感到腻味了，还可以去花溪公园，那里有更多的藏身发呆之处。

下一年要进入高三毕业班了，学校要求我们在暑假补习两周。走空的校园静得让人心慌，这种静是令人不安的死寂。这心情是青春期孩子的心情吗？没法接受平时熙熙攘攘的校园像是一座空城？当校园人声鼎沸的时候，我寻求安静；当校园人走楼空的时候，我却害怕这安静。这安静让人更加寂寞，更加想要逃避。我来到水渠上背书，我总在应付莫名其妙的心情。书放在我脚边的草地上很久了，一页都没有翻过去。如果我恋爱倒好了，但是没有，有一个男孩儿一起读书学习玩儿，时光会变得愉快。同学们很多恋爱了，甚至有高大的男生抱着女生从山上下来，像是在打赌男生是不是有力气。女生紧紧搂着他的脖子死活不放手，笑得头乱摆。他们都可以正当恋爱了，我不能。我早就失去了这样的权利了。我曾经接受了一个男生的求爱，他又高大又帅气，一米八六的身高，六十二公斤的体重，穿着一件时髦的夹克衫，课间总是站在楼梯拐角处，我下课去厕所不可避免地和他迎头碰上，我们冷漠地四目接触，随即掉开。我们没有约会，无疾而终。我吸烟熏黄了手指头，他告诉我捏着烟的时候，让烟朝上，这样手指头就不会熏变色了。这是我和他聊天的唯一收获。我不需要很多，我只要知道有一个人喜欢我就可以了。这世间，除了哥哥和爸爸，还有一个空位置是留给另外的男人的。

范晓春是此时出现的，他带着一个男人从水渠的另一边走过来。我一时没有认出他，我听到他和那个男生嘀咕，她是我们班的四大美女。

四大美女，是初中班的事。这件事，我心头的反感多过得意，这也是让我操行评分常年居于"中"的原因。我认出了他，他还是那么矮小。他没和我打招呼、相认，只和那个人一起涎脸望着我，猥琐、老实又讨厌。当年他趴在实验楼堡坎上呼救的样子仍旧深刻地印在我的脑中。

轮值到我们班清扫实验楼山脚下的那片区域了。这里也是我们背书的理想之地，清静又凉快。一周过去，那里的落叶在潮湿阴暗的角落已经腐烂了，即使心里有所准备，腐叶下的虫子也常常把我们吓一大跳。除此之外，我们还要清理高过我们的堡坎上面的落叶，让它们不至于经年累月地在那里腐烂变成积土。范晓春个头小，男生们把他扛了上去，让他清扫。扫完，他吆喝大家接他下来。每个人都忙着打扫自己那一份，没人理他。他又叫唤。这急不可耐的呼喊把男同学们的坏心眼儿刺激出来了，或者说，男同学们使坏是没有来由的，简直像腐叶被翻开后冒出来的臭气把他们的脑子熏坏了。在他正踩着他们的肩膀下来的时候，他们捉弄他，走开了。他那么弱小，趴在墙上，上下不得，嗷嗷直叫。我找了梯子把他放下来了。我觉得他该谢谢我呢。没想到这天他居然如此之坏，和别人说着我的坏话。那个男人走过来坐在我的身边，问我可不可以做他的女朋友。我抓起书要逃，男人紧紧抱住了我，我震惊极了。我一阵拳打脚踢，把他摔进了水渠里才得以脱身。好恶心啊，恶心死了，我一路狂奔跑回寝室。第二天，他们又来了，他们围堵在教室门口，我惊吓得一阵激电从脊背直刺入后脑勺。我需要很多年以后才能原谅范晓春，才能知道不能期待别人的感恩。

这些事情如此微小，小得不值一提，小得提起来会被人笑掉大牙，可是在当时对我造成多么大的压力啊。一个社会上的人每天堵在教室门口，范晓春像小马仔一样紧随其后，会对我的操行评分带来更加恶劣的影响，虽然操行评分在初三已经取消了——但是，它已经深入人心了。那胆战心惊的一周，每天下课我就四处躲藏。

范晓春很弱小，他需要找一个强大的靠山为自己取暖。他最后找到了刘壮，挺好的；他觉得我不会记得他，挺好的。

第十章

我又把书买重了，已经第三次了。喜欢逛书店，逛了忍不住买，买了拿回家就放下了。每本书几乎只在书店买书那会儿翻阅了几页。而我已经有三千本书了。这种举动里隐藏着多么可怜的秘密啊，这比吃不下然而还是点了一桌子的饭菜还要可怜。我有强烈的阅读欲望，然而无法实行，不是心有余而力不足，是思多神散、虑多志乱，心已经静不下来了。我只能通过买书来自我安慰、自我感动了；另外，还有点自我期许。我到底热爱什么？什么事情能够让我乐而忘返并且达到我所希望的成功？我所希望的成功是什么？我到底想要做什么？我在想清楚要做什么之前，我的生命已经流逝了。

"妈妈，时间一点用都没有，我已经年近半百了。"我对母亲说道。

"啊……你能养活自己就好，我死了你怎么办？"

我不想假设，我的脑子突然跳跃到另一个问题上：哥哥死了我们是怎么办的？

在港台电影和歌曲大肆盛行的黄金时期，热爱马拉多纳的亚亚不断地给我推荐张学友、张国荣、梅艳芳、Beyond、草蜢，这是一长串数不完的名单。至于那些电影明星，就更不用说了，他经常挂在嘴边。他父母是矿山厂的，这种兵工厂有十几个分厂，十几万工人，厂里有自己的闭路电视，他们经常看香港电视连续剧。我觉得这些东西挺肤浅的，不喜欢。我听不来粤语歌，我最多喜欢翁美玲。其他的，我没有那些女孩子如数家珍一样的热情。她们只要聚在一起谈论这些，就滔滔不绝，没完没了。校门口小摊上的明星粘胶纸，几乎没有赚过我的钱。

说起校门口的小摊贩，我想起了班红梅。班红梅初中毕业后，在校门口摆摊，她的男朋友陪着她。我乍见她，吃了一惊，我还在怕她。她对我倒是若无其事地笑了笑，往昔的泼辣和不知廉耻消失了不少。没想到她舍得了颜面做同学的生意，没想到她男朋友看得上她这样粗鄙的人。现在不这样想了，现在觉得她挺实在的，能够怎么活就怎么活，只要扒拉到吃的就行。时代走一步，就把她往前带一步。唔，她的男朋友应该也带了她一步，让她的笑容有了几分文气。她至少还读了初中，在青岩镇上也算是有文化的了。噢，青岩镇出过状元，清朝的时候。这种励志故事只能给内心本来渴望变化、热爱读书的人带来鞭策和榜样的力量。深陷饥饿焦虑的人，只有找寻食物的本能。

我从校园边的小摊位这里跳跃了。

我先是自我批判我假装勤勉好学，接着扪心自问，我到底热爱什么，然而我只能说我不喜欢什么。这是令人头疼的。一个人没把时间花费在他热爱的事物上，却一直在不停嫌弃，像是流连忘返在十元三件的小摊位上，捡起各种假冒伪劣产品看一眼扔了看一眼扔了。这种机械动作居然重复了他的一生。或者说，宏图大志是怎么钻入我的内心的，我为什么这么高估自己不安于一份简单的生活？也许是童年农科院的大喇叭鼓舞了我。那只"文革"时期的高音喇叭，1979年才拆除的吧。每天的早上6：30、午间的12：00和14：00，它就准时响起，它播放各种通知和文件，也播放歌曲，东方歌舞团的各种振奋人心的歌曲。我被它振奋了。我这个呆板的人居然接受了它的鼓舞，一心想要长大出去闯荡世界，却不知道命运在最初就给了我最好的东西。

亚亚突然注意到了我。他说每个人都那么吵吵嚷嚷，只有我坐在角落安安静静的，这种安静让我反而成为了焦点，别人都是陪衬我的。

啊，什么别人，都是我爸爸妈妈你爸爸妈妈姑爹姑妈表哥表姐们，我笑道。

他会在周末的时候骑上自行车爬中曹司那个陡峭的大坡接我去他家吃饭。他每回来的时候都很凑巧，我恰好饿着自己坐在书桌前做题。"我就知道你不会吃饭。"他说道。我坐在他的自行车后座上听他讲这一天听了什么歌，怎么玩怎么踢球怎么拽。他有点英雄情结，有时候过于得意，我会觉得幼稚。吃完饭，我啃菠萝。他走进房间突然蹲在我的面前："给我吃一口。""我吃过的，脏不脏？碗里还有，你另外拿。"我说。"我怎么嫌你脏呢，我就要吃你手上的。"他回答。这突如其来的情节像我已经看了无数遍的《红楼梦》，我还猜测，可能在那一刻荷尔蒙突然分泌刺激了他的冲动。电视正放着一部香港电影，一个打了败仗因而脸皮龟裂衰老苍白的老妖捂着自己的脸号啕大叫着赶回自己的老巢。她踉踉跄跄扑进蓄满了人血的池子里，喝着人血恢复了无比美艳的容貌。"我哥哥死的时候，我们就是这样哭的。"我对亚亚说。他就着我的手狠狠咬了一口菠萝说："我一直记得你哥哥，我小时候是你哥哥的跟屁虫，黏着你哥哥。"

我不记得亚亚黏过哥哥，他回忆我们两家去阿哈水库和黔灵公园游玩野餐，我一点印象都没有，但是家里的相册里有许多照片。

我才黏哥哥呢，你要是黏他，我肯定记得，我说道。

哼，他嗤之以鼻，我们根本不和女生玩儿。

哥哥有时候是不想带我，他经常给我一毛两毛让我待家里。有时候洗碗也给我钱，他好早点出门。我对亚亚有印象很晚，在小学四年级的时候，他才进入我的记忆。他穿着白衬衫蓝裤子白球鞋睡在煤棚里。他还没有家里的钥匙，放学回家进不了门只好蜷在那里睡一觉了。

话说家里给钥匙这件事，有点权利的象征，我从来没有我家里的钥匙。但是我有姑爹家的钥匙，而姑爹的一儿一女都没有钥匙。姑爹家防盗门上的铁将军是一把巨大的明锁，开锁很费劲，需要用两只手操作。姑爹总是用发现天机的口气说道，今天丽丽回家来过了，锁是反的。我从来没有搞清楚过正反，我没有身处过左撇子世界的"正"，体验不到整个环境都是左撇子的方便，也没有觉得这个"右"的世界不方便。我曾经偷偷帮妈妈织毛衣，隔天她很生气，说她才发现好几行是反的，昨天一晚上的都白织了。她一边拆线一边斥责我，最后给我一小团线球和针，让我自己织去。我只有写字是右的。幼儿园老师给妈妈说我写字是反的，要纠正过来。我至今没有搞清楚为什么大人纠正我的方式是换作右手写，而不是用左手写"正"的字。这个过程很痛苦，我一伸出左手，就被父母拍打。妈妈情急之中甚至抓起我的左手狠狠咬了一口折了一下，只听到咔嗒一声，我的尖叫随之而起，喉咙最紧窄的地方都被惊恐的气息给吹开了。妈妈吓得又小心翼翼地摆弄我的手，担心折断了。那是一段紧张的日子，随时会被敲打。话说父母对老师的崇敬和信任，在幼儿园时候就开始了。在我学会用右手写字之后，父母就懒于纠正我吃饭了，我们都很累，尤其我很可怜。我扫地用左手，剪刀用左手，洗碗用左手，拧毛巾也是左手。我拧不干，妈妈抖开来重拧。你拧反了，我还得抖开，她说道。这句话也被哥哥一再重复，你拧毛巾是反的，我还要重新抖开来拧。对了，剪刀是一种神秘之物，我只要用过一次，这把剪刀就永远不好用了。我切菜最好不要给妈妈看到，她看不惯，"我来我来。"刀就被她夺去了——至今如此，并不为我头发也开始花白了而改变。非常偶然而唯一的一次，我即将四十不惑了，和两个左撇子紧邻坐在一张桌子上吃饭。我惊愕，然而十分平静，如同初春的风轻拂坚硬冰冻的大地。我们作为左撇子被关注得太多太久已经麻木了，然而我们鲜有机会关心其他左撇子——应该用第一人称单数"我"。用"我们"，是从自己的感受由此及彼的推测。我们坐在一起，越来越协调一致，一种特殊而又安心的气氛把我们包围了，并且悄然把其他人隔离了出去。我第一次和两个左撇子坐在一起吃饭，我说道。另外两个人随即点头。我算对了。左撇子如此分散，大概就是为了赐予他们孤独。我仅在大学遇到过一个被彻底纠正、已经不留痕迹的左撇子。他无法以行动与我相认，他只能告诉我，他曾经是一个左撇子。怎么纠正啊？我说道，除了吃饭写字，还有那么多事呢，除非把你的左手绑住，你才不会用它吧。

　　我有时候会紧盯我的左手看，这里应该是一个百慕大三角地，当我把它的秘密看穿之后，我就会回到我的世界。是的，右撇子在这个世界有着理所当然的合理性的话，那么左撇子就该有一种搞错了什么的秘密。

我的思维跳跃了。

我对亚亚的第二次印象是初二暑假他奉他父母之命送东西到我家，他依然像小时候一样，对女生不理不睬，招呼不打，笑容没有。他穿上我的旱冰鞋从农科院的宿舍区溜到办公区又溜回宿舍区，他在楼梯口一个漂亮的旋转之后骤然停住，拐弯上坡，从另一条没有楼梯的路溜了回来。他全程穿着旱冰鞋，潇洒自如，寡言少语只让他显得更帅。而我遇到楼梯只能脱掉旱冰鞋再提着它们走下来。我请教他怎么旋转刹车，他摆摆手道，胆子大就行了。

我问他记得这件事吗？他说不记得了。

我们常常在大人们的眼皮下消失，坐在屋顶上看星星、聊天，心里的激情足以抵御贵阳冬天不算太低的气温。我们总是无端消失，我怕，他不怕。他对父母态度强硬，我不行。何况，我要高考了。这个任性的不服管教的男孩子见到我父母却非常有礼貌，似乎已经预谋要做他们的女婿。但我总有一部分灵魂飘在我的身体之外俯瞰我，总有点冷静令我无法沉湎于和亚亚的恋爱。他爸爸和姑爹是老乡，但是他从来没想过离开贵阳。他只在技校毕业的时候和他另一个年轻的老乡一起回了一趟老家，这其实是他父母奖励他的一次旅游。他们坐绿皮火车到杭州下车，一路北上游玩回到镇江。他每到一个城市就给我写一封信，杭州、上海、苏州、无锡、镇江。他的爷爷奶奶早就去世了，只有姑妈还在。他很会花钱，在西湖包游船，吃二十五元一条的鱼。他的落款总是写"卑微的小人物"，再画一个悬吊在蛛丝上的蜘蛛。我不喜欢他这么浪漫。我不是一个浪漫的人。他亲吻我的时候我根本没有准备好。我对他的浪漫总觉得措手不及，但是我无法拒绝他。

我和姑爹在平桥钓鱼回来，路过花溪宾馆，姑爹把鱼竿和桶递给我提着，说道，我去打个招呼。什么打招呼？我问道。他们已经关在里面了，姑爹说。原来为了防止开后门，各省来的招生老师已经被锁在花溪宾馆里了。姑爹事先已经和他认识的老师打了招呼提我的档案。我的分数下来之后，父母就忙开了。兵分好几路找关系，而最后的关系都指向明确。你家里关系真多，那个老师对姑爹说。姑爹呵呵笑着，他们瞎忙，有我一个就够了。

　　我是布依族，可以享受少数民族加分政策，加十分。不加分，我的分数也已高过录取分数十分。同学们抱着各种各样的态度提到加分以及诸如此类的少数民族政策，刺激了我的争强好胜。政策是好的，制度性地扶持少数民族，但是政策管不住别人的羡慕嫉妒恨和阴阳怪气，以及一些人对少数民族的歧视，这让一个在汉化环境中长大的人增加了不少烦恼。我身上的标签真多，尤其我到了杭州以后，我是西部偏远地区来的，我是贵州人，我是左撇子。最后，他们还要大吃一惊，我是少数民族。而所有的这些加起来，并没有使得我和他们有多少不同。每一个标签可以带来一个话题，每一个话题我都知之不多。我订阅了《贵州少数民族》这本杂志，在别人的询问下，我对自己的出身也很好奇了。

　　姑爹倒是十分安然地待在贵阳，他说贵阳气候好，夏天很舒服。我们的历史老师，是山东人，每回上课，总有十分钟在批评贵州不好，说贵州的路晴天是扬灰路，雨天是烂泥路。我们呵呵傻笑。哪里人都可以批评贵州不好，尤其我们住校生多半是三线建设迁移过来的厂矿子弟，他们的话就更多了，还刻薄。他们是服从国家意志的迁徙，就可以抱怨。现在到贵阳发展的人都是自愿自由的，好不好，只能怪自已了。

姑爹对贵州从来没有任何歧视性的语言，相反，他常常坐在河边自言自语，哎，有些话不好说的。我把自己当作了他的好朋友，想要替他分担一些烦恼，我问他，什么话不好说？他还是说，不好说啊。宅心仁厚，就是如此吧。

我提着他的鱼竿和桶，看着他佝偻的背影向花溪宾馆大门走去。他穿着一双皮质拖鞋，一套印满了铜钱的家居服。他常常手提衣摆开玩笑："别人是身家万贯，我是身穿万贯。我不像你哥哥姐姐那么讲究，我穿什么都可以的，只要屁股不露在外面就可以了。"哥哥姐姐已经挑三拣四穿合资企业出产的高档时装了。

他手握着大门的铁栅栏摇晃着大喊招生老师的名字，离大门十米远的地方画了警戒线，严禁老师越界递字条。他不管，他一直喊，一边喊一边摇，老吴，我托给你的事情你不给我办好，我就死在这里。

我的眼泪渗出来，我要是考到六百分就好了，可是我离六百分距离太遥远了，远得我怀疑我根本不是读书的料。我从小的誓言呢？我做的复习题呢？我平时的努力呢？一点都看不到。那是一个闭着眼睛都可以考出来的分数吧。我在拿到分数那天哭了，父亲说，考试是你的事情，考完了就是我们的事情了。家人在竭力避免我合理落选。

姑爹摇晃一阵喊一阵，一个人影出现了，远远地给姑爹摆手。武警站在警戒线上望着我们，一动不动。我担心他呵斥姑爹，他没有。

我拿到北方那所大学的通知书，姑爹后悔了，要是坚持填无锡那所大学就好了，那所大学反而没人填。旅游区和经济发达地区的大学担心填报的人多，拥堵，造成合理落选，可是没想到差点在北方这所大学这里合理落选。无锡那所大学填了，毫无疑义地直接就提了档案走了。太信任班主任了。

我读大学去了，我和亚亚开始通信。他有很多玄想，关于宇宙的世界的和人生的。他看很多奇怪的书，科幻的玄学的，但达不到哲学高度，是怪人的奇思怪想。他总是落名"卑微的小人物"并画上一只黑黑的蜘蛛。我不喜欢，我告诉他了，他依然如此。后来，我甚至反感了，收到他的信等到第二天才拆开。他每周都到我家看望我的父母，看看他们有什么需要帮忙的没有，他也常去姑爹家。

我的冷静是从哪里来的呢？

高一那年，一天打扫完卫生，教室里只剩下了我，一个男生出现在门口告诉我楼下有人等我。我问他是谁，他说你下去就知道了，随即转身就离开了。这神秘让我捕捉到了某种气味。我把扫把撮箕在门后放好，下楼，我的心突然剧烈地跳动起来。太剧烈了，简直要跳出我的胸腔了。文学的形容，小鹿乱撞之类，就是如此了。这心动太莫名其妙了，因为我不知道对方是谁。我为了按捺自己，弯腰去系鞋带。可是鞋带好好的，我只好解开重新系好。这一套动作做完，心跳才平缓下来。我们还没有青春电视剧，我也极少看电视，尤其，四周只有我一个人，我这么做，是向自己掩饰自己？我还不知道对方是谁，我就心动了，我得出了爱情和对象无关的结论。爱是自己要爱的，对象是恰好在想爱的时候出现的人。形式和内容是分离的。爱是什么？爱一个人有才华，爱一个人品德高尚，爱一个人有钱，爱一个人的高大帅气。我思索着这些的时候，我对此嗤之以鼻。我的荷尔蒙分泌了，它一直在等着被刺激，一旦我嗅到求爱的气息，就怦然心动了。这只能是荷尔蒙的作用，而不是真正的"心"的作用。

亚亚问我相不相信我爱他，我犹豫了一下，摇头。他一拳打在墙上，手背被击出一道道血口子。我说我信了。他蹙眉的样子是真的，他强劲的心跳是真的。我开始黏着了。

姑妈和他妈妈争起来了，说他是一个技校生，我是一个大学生，委屈我了。姑妈也和妈妈争论，说没有姑爹就没有我。她们三个已经背着我们就各种问题争论了起来，而我们还以为我们守着秘密呢。最终，妈妈写信给我，让我和亚亚分手，否则，断绝我的经济来源。我从来没有和妈妈坦白过我们的恋爱，接到妈妈的信让我感到十分羞愧，无所适从。我写信回答，好吧。还写了一张字条给亚亚，说父母的话肯定是要听的，他们肯定是对的，我们毕竟还小。

在我还来不及犹豫要不要和亚亚永远在一起的时候，她们三个争强好胜、吵吵闹闹的女人就把我们吵分手了。

一天深夜 12 点，妈妈的电话突然响了。她已经睡下了，而手机在客厅。那山丹丹花开红艳艳的铃声真让人发疯。我和父亲从各自的房间冲出来，母亲已经手忙脚乱接通了电话。她一边讲电话一边回到卧室钻进被窝里，我也跟着钻进被窝里，父亲则站在床边俯视着我们，和我一样仔细聆听电话那头到底是谁、发生了什么。原来亚亚妈妈研究新手机的功能时不小心拨通了电话。既然电话已经接通了，大家就畅畅快快好好聊聊吧。我听她们细数着过年期间油盐酱醋米的价格，心里深深佩服她们过日子的能耐和一生的革命友谊。

亚亚从来没有试图联络我。

吴阿姨是在骄雪的病房认识的，在肿瘤医院。从肿瘤医院回来，吴阿姨顺路送我，车上，她说以后有什么事情可以找她。我只当作客气。骄雪得癌症以来，找医院找病床都是吴阿姨在帮忙。我们在骄雪的病房偶遇了两次。

骄雪读书很好，很会考试。这么说，不知道是事实，还是贬损她。她虽然长得漂亮，也很会打扮，但是从小就胖，个子又高，没有追求者。我从来不相信女孩子没有追求者，但是她这么说，我有点相信。她博士毕业到高校教书两年，才三十一周岁，去世了。她写文章有点小问题，标点符号用错，长句子语法不对。反正身为知识分子的基本功不过关。她从小就是学霸，这些问题属于带病前行，直到成为文科博士。我和她都有点呆板，都属于闷骚，心里很高兴，然而面部表情贫乏，只有眼睛里会泄露一点。我们都要故作幽默感，想要获得轻松和朋友。刚开始是她教我怎么复习功课怎么考研，我悉心而几近虔诚地谛听。"汝今谛听，当为汝说。"我笑道。我已经在社会上工作了十年了，回到校园，那绵软、酸腐的学生气让我心头十分舒畅。而我之所以和社会格格不入，就是我的学生气打磨不掉。回到校园简直就是回到家乡。

等我一路苦读下来，有一天醒悟到骄雪看书大概只看看书的前几页，概述之类，泛泛了解而已，很多细致的论证她是不明所以的，我就对她不客气了。这种不客气有虚荣心的作用，也是文科生一贯世智辩聪的爱好使然。令我惊异的是，她居然接受我的鄙视，她说事情好多，压力好大，写文章都写不过来，没有时间认真看书。她说没有几个人像你这样可以专门读书。她的谦虚让我很不好意思，然而我也不太同意她的说法，她这么一路读书上来，也是"专门"读书的。作为女博士，总有一些猎奇的目光，对此，她也很接受很坦然。她会迎合人，这是她的亲和力所在。她在小店买水果遇到学生，学生和她打招呼，老师也买水果啊。她也会和人透露一点隐私，以表示她是一个正常的人。我在医院的电梯和她的主治医师狭路相逢，医生说，这么年轻，又是博士，我们都希望不是癌症，可是是的。癌症晚期了。刚开始，她所受的教育还可以托住她，让她带着乐观态度笑言要做一个抗癌明星。我一直遍寻不见的意志，她是天生具备的。随着各种并发症的接踵而至，她的意志开始消沉。

有一天她便血，无力从马桶上起身，她开始怀疑死神在逼近她了。再有一天，已经卧床不起的她对我说："我不怕死我怕疼，我现在没有力气了，我想从窗户上跳下去。我连趴到窗户的力气都没有了。"我的眼泪簌簌流下来，我想帮她，想把她从窗户扔下来，然后我也跳下去。我哭得太累了。她拒绝任何人的探视，只要我去看她。刚开始她还可以吃饭的时候，只要吃我做的黑鱼。真是折腾我，我每天买一条鱼煮了给她送去。我这么被她"指定"，觉得很累，好在我抱怨归抱怨，做还是做的。谢天谢地，要不然她死后我会后悔的。我们都没有猜到这个结局。骄雪有医保，经济条件也不错，去世后报销以及各种福利合计下来，居然有十几万遗产。她发在核心期刊上的文章一直在替她赚收入，一天她妈妈进门说卡上又多了一万，是奖金吧。骄雪充耳不闻。她死后，她妈妈常常在深夜尖叫着醒过来。我则梦见她来找我玩，玩着玩着突然想起来她死了。死亡又不可怕的，她说道。

吴阿姨是骄雪留给我的遗产。她还穿着 80 年代的女式干部装，小翻领，下摆上缝着两个明线大荷包。不会觉得她过时，反而觉得她本该如此，符合她端庄严谨的气质。我以为我在反复的练习中，已经很会写上访信了，内容压缩在一千字以内，言简意赅。但我依然把所有打听来的或真或假、有用没用的信息，带着我夹生的法律思维，又长篇大论写了附件夹进去。我既然没法革除我文艺女青年的气质，不可避免地杂着文学气息，那也接受吧。"我妹妹刚动完肾脏手术还在公安医院治疗，他们又把她关回了看守所——令人发指。""令人发指"是被律师们嘲笑的词，这浓烈的文学气味让他们忍俊不禁。文学就是人学的，就是人性的。我散发着我的浓烈的人性的气味，而这些和法律无关。法律就是讲证据。

无论有没有带着酸腐的文学气息，我全部上交给了吴阿姨。我在吴阿姨面前又一如往常，哭得泣不成声，为妹妹的所言所行道歉。

"啊，你就不要替你妹妹忏悔了。"吴阿姨说道。

我听不出她的口气是不是讥讽。讲正事的吴阿姨和骄雪病房里的吴阿姨判若两人，此刻她亦是公事公办的态度。我已经经验丰富，也深知自己情绪化严重常常误判别人，那我就停止任何判断，只讲事情。

一周后，吴阿姨亲自替我写了一封信，让我签字。看到她写的，我才知道自己在情绪上浪费了太多笔墨，并被这情绪烧煳了脑子和双眼。

我动用了所有想得到的关系，这些关系散落在全国各地，是我全部人生的游历之处，他们之间没有任何上下级或者裙带关系，他们相互不认识，也管不着。可是他们齐心协力帮我——一想到这一点，我就得意地笑了，然后又哭了。

刘壮问我，陈丽，你丝毫不管自己了？我知道你很心疼你妹妹，但是你也要考虑一下自己。

不，是我小外甥，我担心他的前途。判一缓一也是刑事罪。他妈妈有刑事罪会影响到他的。

第十一章

2009年5月，关押了十个月之后，妹妹被释放出来了，清表弟去接她的。她先到温泉浴室洗了澡，舒舒服服泡了，里里外外换了新的，又绕到荒郊野外，放了几串鞭炮送走了晦气瘟神，这才回家。

我没有回去。在贵阳，我能做的做完之后，只能按照法律程序慢慢等待了。等待是折磨人的，尤其结果未知的等待。煎熬和焦虑让我们如同生活在热油中，母亲已经瘦得薄如纸片，肩下凹进一个深深的窝。我开玩笑道，这么漂亮的肩，穿吊带最好看了！母亲比我沉着多了，脸上从未出现愁苦，连眼泪都没有掉一滴。等我跑得无处可跑、坐在家里之后，她开始焦躁："你今天不出去啊？""能跑的都跑了五六遍了，不可能在有关部门门口支帐篷吧？太刁了。难道还要我拉横幅下跪吗？"我冲口而出，忘记考虑母亲的感受了。几个月的高度紧张，神经极度疲乏。这天突然放松，没想到说出这么奇怪的话。这种骤然冒出来的玩笑，是我整天在网上看帖得出的印象。我和母亲不吵则罢，吵起来就是热油倾覆，烈焰猛然蹿出来，直舔屋顶。

我又哭着收拾行李，给刘壮打电话，让他送我去机场。

在机场，我的眼泪莫名其妙淌着。我想把自己拧一拧，把所有眼泪一次性拧干。安检人员问我是不是身体不适，还是有什么其他事？只是离开贵阳难过吗？否则不能上飞机。我回答，我舍不得离开贵阳，我身体很好。

我们爬山那夜，我给他提到涂然的事情。他说道，这件事是男生们瞎扯出来的，我是见证人。你完全是被冤枉的，我太清楚了，几个人在那里胡说八道，完全走样了。

啊？你是见证人？我的眼泪奔涌而出。我不想哭了，我的眼睛要哭瞎了，我在他的肩上蹭着自己的脸。

你也太好笑了，都过去二十多年了，还这么介意。晚上熄灯后不聊点这些，怎么会是男生寝室？

可是不能害我啊。

他们没想害你。发育了，不聊点这些怎么可能。

我想起小时候和男生打架留了两个牙印，撸起裤腿指给刘壮看。奇怪哦，月光下，阴影浓厚，显现出来了三个。我记得是两个啊，我说道，他的两个大门牙咬的，怎么变三个了。咬得太狠了，第三颗牙齿也无辜牵扯进去了，刘壮笑道。

两个月后，2008年新年来了。商场和街头新年的歌声要学会心如止水地听，要学会一个人过新年。生活都是自己选择的，要学会承担。哦，不，不要用承担这个词，听起来像是灵隐寺那鼎巨大的香炉脚下的大力士一样辛苦。他承担、托举着多少人的许愿啊！生活也不是逆来顺受，听起来很委屈。生活就是这样的，这样的生活来了，就这样生活。不要发愿、许愿，像水一样顺着生活而流，身后就是一条长河。往前呢？前方暂时没有任何图景。

这年南方大雪，直到下成雪灾。我冒着鹅毛大雪在西湖苏堤边堆雪人塑佛像。雪自天而降，莽莽苍苍，将湖中三岛抹去颜色，稀释成了水墨画。一尊半人高的雪白佛像立在湖边，令我内心生起欢喜，我虔诚地祈祷着。有路人赞叹："这小姑娘堆得好像啊，活灵活现一尊菩萨。"还帮我拍了照片。我心里说着，我不是小姑娘了。但是我也没有焦虑，觉得自己应该赶紧抓住什么。我的拧巴纠结呆板糊涂愚钝，以及意识和思维盲点如同以往任何时候一样，反复起着作用。而妹妹也如同以往，被打倒了爬起来又是生龙活虎好汉一条了。

"姐姐，你不活了是不是我们大家都跟着不活了？"妹妹不耐烦地说道。

"我活的，我不知道哪里出错了，我不想愧疚不想有罪。"我说道。

"你没罪，被抓起来的人早晚会被抓起来的。"妹妹回答。

"他们是因为我被抓起来的。"我说道。

"你不要想多了，他们自己本来就犯罪了。他们不犯法，谁都没法抓他们。"妹妹说。

"我死了，只能让妹妹养活你了。"妈妈对我说。

"我把别人费尽一生争取来的幸福全给毁了。"我说。

"他们是咎由自取。"妹妹说。

"他们毁在我手里了。"

"他们是毁在他们自己的手里。"

我来到这个世界就是来经历这些的吗？为什么会发生这么多事情？为什么我会变得这么坏？我骗取了别人的信任，把别人都给举报了。我只希望他们把妹妹放出来就行了，但是我却做了那么多。

"妹妹没有被打垮，你倒被打垮了。"爸爸说。

我渴望干净的没有污染的人生。和我青梅竹马的恋人长大、老死，一生忠贞不渝、平安无事。我为什么会有这样的念头？谁灌输给我的？

不垢不净，不增不减。每个人都有真如自性。

父亲在1976年装出了一台九英寸的黑白电视机，令他在农科院名声大噪。他在厨房锯木条，我问他用来做什么，他说做电视。他让我走远一点，免得被锯条伤到。我哪里能够走远呢，我是绑在他身上的橡皮筋，刚扔出去，马上就弹回来了。我对上上下下拉动着的锯条好奇，看着锯条在木条上锯出来一道缝隙好奇，我也想一试身手。我哀求爸爸，他还是让我走开。父亲的口气不够严厉，我是不会放弃试探的，这真是让父亲失去耐心。他将锯好的木条拼出来一个框框，最后，这个框框扣在九英寸的显像管上。

我不知道我的这个记忆错构了没有。

爸爸的书很难看，有很多图，图上全是画得十分漫长的线条。为了这些线条，这一页还做得很长，相当于两页，铺开来，变成了一个巨大的迷宫。不看的时候，折叠进书里。我用手指头沿着那些线条走过，走到半路就迷路了，没法知道它们要走去哪里了。爸爸书桌上的晶体管和变压器也引起我巨大的好奇心，我曾经企图把变压器的铁皮一片一片拆下来，根本不行，我力气不够。有一天爸爸在桌前忙的时候，我的手又伸向变压器，他拍开我的手呵斥我：不要乱碰，有电，小心打死你。

爸爸买电子元器件毫无节制，有些是在单位廉价收的或者捡的。家里堆满了他的东西，妈妈叫作垃圾。他总是企图变废为宝，但是行动力和效率欠佳。他的东西侵占了他们的卧室，侵占了我们的卧室，最后哥哥的卧室也只有那间小床属于他，书桌上堆满了爸爸的东西。最后，连厨房的角落也堆上了。后来，父母打开天花板，爸爸钻了进去，哥哥站在垫着大桌子的椅子上，接过妈妈递上来的线路板、永远都不可能再用的显像管等，塞进去。塞进去以后呢，爸爸也随时可能翻点什么出来。就这样的，他的东西像爬山虎一样蔓延到天花板里去了。

妈妈管不住他，只能和同事抱怨："陈绍禄这个人啊，菜钱都不够，他还买他的那些烂玩意儿。"那时候我还是婴儿，被妈妈背在背上，妈妈的同事回答："他喜欢咯……"随即无话可说了，转而议论我，丽丽长得像她爸爸，翘口翘嘴的。我长得翘口翘嘴的像爸爸和爸爸不知节制地买他的烂玩意儿是她俩永远的话题。直到我成年了，她俩依然反复提起当年对我的无礼议论。这其实是很得罪我的，但是因为我小，是晚辈，她们就有了优越感，就毫不顾忌。这应该埋下了我和妈妈不和的隐患，人的潜意识是很深很阴暗的。要不然，我为何终生都在为爸爸打抱不平呢。但是爸爸不结盟，我的义薄云天就显得非常无助，尤其可笑。妈妈和妹妹倒是早早就结了帮派，对我生活能力弱、爱哭，揶揄不止。对，当妹妹稍微懂事之后，她也加入了嘲讽我长得翘口翘嘴的行列。这世界真是令人感到孤独。难怪我对自己的外表并不觉得自豪。

测试电视那天，家里简直和过节一样欢腾。爸爸在屋顶架设好了天线，留妈妈在那里调整方向，哥哥负责屋里屋外跑着给他们传话。爸爸说：让你妈妈往左一点。哥哥就跑出去说往左一点。爸爸说，再往左一点。哥哥又跑出去说再往左一点。满是雪花点的电视终于迎来了清晰的图像，我们欢呼雀跃，崇拜地望着爸爸，爸爸的心情好到了极点，宣布说："你妈妈再也不用冰天雪地跑去赶电影了。"妈妈喜欢看电影，不管天气好坏，不管身体好坏，有电影必去。这下子，爸爸终于解决了妈妈的娱乐大问题。

爸爸得意早了，每回农科院放电影，我们还是会抢着去。当然，先要征得父母的同意。我兴冲冲地跑回家，远远地就看到了坐在屋顶上的父母，我们家自己搭建的厨房漏雨了，他们在补瓦。爸爸问我跑什么跑，不会好好走路吗！我站在厨房后明沟的坎上，站在夕阳里，仰望着迎着光的父母，大叫着，爸爸妈妈，今晚要放电影，我要看。爸爸眼睛一瞪说，不准，在家学习。我心里失望极了，在落日余晖中有点无措。已经来不及去占位置了，这会儿，同学们已经开始"坐牢"了，他们中午就画好了地盘，放学了就搬了凳子去守着。我把目光从爸爸那里移开，移到妈妈这里，妈妈突然对我挤了挤眼，宛然一笑，如暮冬薄冰上拂过的春风，吹开了一季的花，我立即领悟了她的意思。我雀跃着，说马上去做作业，哥哥会去占位置的。爸爸这回瞪妈妈了，他说：就晓得惯伺。爸爸管我们是有一搭没一搭的，有时候叫我们练字，回忆他的爷爷和父亲当年如何严厉。有时候不准我们看电视，而隔壁邻居的小孩吃完饭就来我家守着了。为此，我还被班主任表扬了。

爸爸出名了，我也跟着沾光，走到哪里都有人向我夸赞我爸爸。有一次我野到园艺所偏远的果树林里，两个中年男人路过，交谈着，这个是陈绍禄家姑娘，她爸爸聪明得很。唔，这回我的重点不是听到爸爸被赞扬了，是我被认出来了，我是擅自跑到这里来的。我有种不能做坏事的惊觉感，做了坏事会被人认出来的。

哎哟，小时候你家三兄妹那个崇拜爸爸哦，好像他无所不能一样，一回妈妈和我笑道。

是啊，我回答，这个和外界对爸爸的评价也有关系。

信任和崇拜，是我的两个关键词。崇拜哥哥，崇拜爸爸。我对父亲的崇拜达到顶峰，是我得知哥哥的秘密以后。

那是一个礼拜六的下午，我吃饱喝足坐在沙发上看窗外的阳光，愣愣的，心无所系。学校的饭菜多差啊，每回中午回到家里，仅仅是米饭，我就可以吃上三碗。学校的米是湖南米，蒸出来表面起一层厚厚的壳，吃在嘴里一股石灰味。据说是为了中和盐碱地的盐碱，撒了石灰，石灰就长进谷子里了。菜就更不要说了，大锅菜。

大快朵颐、心满意足后，我坐在客厅沙发上消食，窗户上一帘白色棉纱蕾丝窗纱随风轻轻漾着，地板上的投影一摇一动，我心里产生了淡淡的欢喜。妈妈爱美，时髦新鲜的东西总会出现在家里。窗沿上有爬高的文竹，妈妈养的，她养花总是养得那么好，经常换着装饰客厅。有时候搬进来的是高大的玉树，或是昙花，还有开得十分烂漫的海棠。妈妈多好啊，我有时候会这么想，她也让我骄傲。

这天下午妈妈没有去上班，她坐在另一边的沙发上织着毛衣。我们都很安静，安静就是幸福。我告诉你一件事，妈妈说道。什么事？我问。哥哥一直偷偷问我，我一直没有说，我现在告诉你，就当是告诉了哥哥，妈妈说。什么事？我还是问。妈妈这么平静的样子让我觉得我可以做她的好朋友。哥哥不是爸爸亲生的，妈妈说。什么叫作不是亲生的？我问。爸爸不是哥哥的亲爸爸，妈妈说。不是亲爸爸是什么意思？我心里奇怪，反应不过来。我在沙发上爬上爬下，坐下又站起来，站起来又坐下。我告诉你，就当是告诉了哥哥，哥哥以前问我，我不告诉他，我现在很后悔，妈妈说。为什么很后悔？我又问。因为哥哥一直问我，我一直不愿意讲，我怕对爸爸不好，妈妈说。为什么不讲？我问。怕对爸爸不好，妈妈说。为什么不好？我又问。爸爸辛辛苦苦把哥哥养这么大，怕哥哥去找他的亲爸爸，妈妈回答。妈妈始终在织毛衣，平静如水。我鲁钝的脑子终于接受了一个令我震惊的信息，哥哥不是爸爸亲生的。父母隐藏得多好啊。

哥哥向妈妈反复询问过他的亲生父亲是谁。他读小学时候就有人说他不是爸爸亲生的，而且证据确凿：谁家的儿子会跟妈妈姓呢？哥哥升中学的时候将李琳这个名字改为了陈璇。病重期间，哥哥又一再央求妈妈："你告诉我嘛，我不会去找他的。这个爸爸对我这么好，把我养大，借了这么多钱给我治病，我不会不认他的，我只是想知道。我自己的亲生爸爸从来没有管过我，我不会找他的，我只是想知道。"

妈妈不说，妈妈说爸爸就是你的亲生爸爸，你不要胡思乱想。

一天爸爸在医院守护哥哥的时候，深夜里猛然惊醒，哥哥正站在床边望着他，满眼泪水。他问："琳琳，你做什么？"哥哥说他要上厕所。爸爸问他哭什么？他说你给我治病借了好多钱。爸爸说不要紧的，我会想办法还的。哥哥说我治不好怎么办。爸爸说你不要胡思乱想，好好治病。

哥哥的去世，很多人叹息人财两空。我听着，觉得不舒服，像是对哥哥不尊重。每回有人这么说的时候，我就望向别处，将人移出我的视线。

爸爸停薪留职做了个体户，他要赚钱还哥哥的医疗费。

个体户是一个很难听的名词，我觉得。他的车门和车尾上印了一个"个"字，我觉得刺眼。我那么小，虚荣心已经长出来了，然而依然呆板。我不知道爸爸因为家庭变故被迫跟上了时代大潮。我看报纸看杂志，觉得时代大潮和自己无关，我为什么习得了这样的态度？大概我已经从农科院知识分子的语言方式和口气中体会到了某种优越感。这种优越感是居高临下的，即使不是启蒙的，也是导师式的。他们的工作和三农问题有关，三农问题是中国最重要的问题。有时候他们的口气是怜悯的，农民苦啊。有时候是叹息的，有些农民太懒了，不会想办法，国家给他们把办法想好了，他们又不想动。扶贫资金来了，领了去喝酒去了，扶贫项目来了，每年都做不起。主观能动性很弱，或者总觉得自己不会、不行，带他们带得好累。脾性上也是娇气的，不能批评，说一下就生气了。

啊？我大吃一惊，他们还不能吃苦啊？一边说他们苦，一边说他们不能吃苦，他们到底苦不苦？我反诘母亲，这也太矛盾了。

我们看起来苦的是他们的生活方式，要改变他们的落后面貌。他们不一定这么认为。没有遇到事情，每天就这样日出日落过日子，没有什么不好。

遇到事情我们也很苦啊，我说道。

因为有长我五岁的哥哥，家里很早就订报订杂志了。在我勉强可以认识几个字的时候，我就开始阅读《中国少年报》了，上面报道了"改革开放"，报道农村的变化，报道承包到户，个体户和万元户。一幅对比城乡"过去"和"现在"生活的漫画我记忆犹新。每到过年，乡村弟弟就到城里看哥哥。第一幅画的是弟弟"给哥借钱"，兄弟俩都愁眉苦脸；第二幅弟弟提着鸡鸭"送哥过年"，兄弟俩都笑逐颜开。还记得一篇小朋友赞叹生活得到改善的文章，她家里现在鸡鸭鱼肉蛋换着吃，生活很富裕。这其间潜藏的贫困的弱势心态，而今被我对号入座投射其中了。

哥哥生病举债三万六千多块，父母的工资加起来才一百多元，不干个体户怎么还钱？干个体户真是难听，还很累。我们家的境况很差，我知道；但爸爸的地位也下降了，我始料未及。我那么崇拜的爸爸，不得不去干个体，这个标签贴在他身上了。我这呆板的脑子怎么会有等级观念的？在工农阶级扬眉吐气的时代，我从他们喜庆的脸上体会不到这有什么值得骄傲的；到了个体户，我也没能从报纸上感染上新时代日新月异的振奋感。我似乎是惯于沉思的，也就是惯于不合时宜的，也就是惯于逆行的。

每天爸爸十分疲惫地回来，坐在沙发上耷拉着厚重的双眼皮，我也跟着很累。他给我招招手，要我亲亲他。我已经大了，不喜欢这样的亲热，蜻蜓点水亲了他一下就走开了。爸爸的生意做好了，认识了一些小官员，我们经常在外面吃饭了。家里开始一箱一箱的汽水买回来，还有雷司令葡萄酒。妹妹一回家就拿开瓶器一撬，咕咚咕咚喝起来。我不喜欢喝有"汽"的饮料，刺激得我嗓子疼。我经常咽不下去，然后呛出来。有一天家里请客，酒阑宾散之后，剩了一瓶才开的雷司令。我不知道喝醉是什么滋味，我想要尝一尝。桌上杯盘狼藉，还没有收拾，妈妈打算发面做馒头，我说我来揉面。妈妈这个只在北方待过一个月的南方人坚持不懈地学做馒头和各种面食，发面失败从来没有打消过她的热情。父亲除了贵阳的肠旺面，其他面食绝对不碰，从来不给妈妈面子。我会稍微尝一尝。这方面，妹妹非常凑趣：仅这一点来说，她是有孝心的女儿。我事无巨细都从自己的感受出发，深陷孤独绝不是偶然的。有人情味的人才不会孤独，要不然就是妈妈深感孤独了。她那么兴兴头头地学着包粽子、揉汤圆，逢年过节去农科院的加工坊打糯米面，有个跟屁虫在她脚前脚后蹦蹦跳跳，这就是天伦之乐啊。

大宴宾客之后的意兴阑珊有一种凄清寂寞之美，我已经到了随时可以提升意义、享受意义的年龄了。我站在音响柜边，倒满了一杯雷司令葡萄酒，独饮起来。妈妈喜欢赶时髦，爸爸喜欢玩音响电器，他们的物质主义发心不同，但是殊途同归了。我喝了一杯，酒酣耳热，又喝了一杯，面红耳赤。等大半瓶雷司令被我灌进肚子里，我双眼虚焦，沙发飘浮，餐桌时远时近，这微醺的感觉真好。我对妈妈说，葡萄酒还好啊，就是觉得头晕而已，爸爸酒量不行，居然就醉了。彼时，还不等送走客人，爸爸已经倒在卧室酣然大睡了。

　　酒瓶底还有几公分雷司令，我犹豫着要不要喝光，但是我喝得太急了，胃开始翻腾。这感觉不那么美妙。算了，干活吧。我往厨房走去，门在晃，我也晃，我撑着桌子，才把自己站稳了。我拉住门，才准确感受到门在哪里，穿门而过。妈妈望着我，哈哈大笑："你看你脸红得，酒都要淌出来了。"我依然不受控制地晃，但还是嘴硬："妈妈，喝醉了感觉挺好的啊，飘飘然。我来帮你揉面了。"妈妈叉着腰，笑不可遏，说道："怎么会有这种人，自己把自己灌醉了。你不要揉了，你也去躺着吧。一个老的被人灌醉了，一个小的自己把自己灌醉了。"妹妹回来了，见到我这个样子，也大笑不止："怎么自己把自己喝醉了？""我没醉啊，"我说道，"我来揉面，你去收桌子吧。""去睡吧去睡吧。"妹妹说。

　　母亲其实是一个活泼俏皮的人，很幽默。我喜欢看她笑，我害怕她和爸爸吵架。父亲很爱她，我们偷看父亲的日记，1976年某天，我学会了哄妹妹睡觉。唔，妹妹是我要的。妈妈怀着她的时候，问我，要妹妹还是弟弟？我说要妹妹。父亲还写了古体诗，表达对母亲的热恋。母亲也记日记，写在同一本日记本上，从最后一页往前记，记得不多，符合她缺少耐心的性格。她只记了对父亲的不满。原以为一个男人在少女时候追求她，后来依然热恋她，值得托付终身，才嫁给他的。原以为他聪明，有才华，嫁给他会幸福。没想到，过的什么日子嘛！——所以婚姻不能瞎猜嘛，我对爸爸说道，哪有那么多"原以为"。

他们一结婚就开始吵架了。父亲为了追求母亲，带过哥哥，至于我和妹妹，他就没有那么多耐心了。他曾经把我饿了三天，饿得我浑身无力。他还奇怪，这个人怎么了？把她的头推向左边就偏向左边，推向右边就偏向右边，手提一下一松，就软塌塌掉下去。他着急了，抱着我跑到医务室，医生正在吃包子，我双眼望着包子放出了光芒。医生检查一番说，她没病，她饿了。给了我包子，我狼吞虎咽。爸爸才想起来我三天没吃东西了。什么爸爸才会忘记喂女儿吃东西呢？他自己饿了煮一碗面吃饱了继续埋头搞他的小玩意儿，我就不需要吃东西了，我是小仙女。哥哥带我就不会出现这问题了，我会在早上起来背书的时候顺便把他叫醒，让他给我煮面。他对我全权负责，我委屈了可以哭，他不会烦，他还会学猴子逗我笑。他给妈妈学我哭，鼻子抽一下，头摆一下，悲痛很深的样子。妈妈笑得咯咯响。爸爸不喜欢我哭，他说哭得他心里很烦。我在他的桌子边绕来绕去，电烙铁上的锡水掉下来滴进了我的脖子，妈妈吵他，他就吵回去："谁叫她乱窜？我做事情的时候，她跑来凑什么热闹？"

一回，我和妹妹洗脸抢毛巾，哥哥要我让妹妹，我手一放，妹妹一屁股坐在身后烧得红彤彤的铁炉盖子上，瞬间皮皱了。爸妈出差了，把我们三兄妹反锁在家的，我们只好从狗洞里爬出来。我在把妹妹塞出来的时候她还在和我吵。

医务室的医生开了药，蚯蚓拌糖敷烫伤处。我和哥哥天天去挖蚯蚓。冬天不好挖蚯蚓，冬天黑得早，我们打着手电筒在寒冷的田地里找蚯蚓。哥哥刨地，我拿手电筒。那几天，妹妹趴在爸爸的腿上撒娇，反复诉说我怎么欺负她。

哥哥替父母分担了很多，母亲感到愧疚。那个时代真是粗糙不堪。

他们好能吵架。我近视眼，拿着小板凳坐在客厅的前面看电视，他们在我身后你一言我一语就搞起来了，还嚷着离婚。我泪流不止。我从中学回来，一周一次，他们居然吵架。我一向站在父亲这边，我总是向他投去同情的目光。哥哥在世的时候，也常常认为母亲不讲道理。但是他会说，我们自己知道就可以了。我倔强地认为，母亲也应该知道。妹妹不是的，妹妹觉得母亲永远是正确的。至于他们夫妻俩吵架，妹妹说，你管他们的呢？他们吵一下就过去了。就是你在，他们才吵得这么厉害。他们吵架的时候，我该干吗干吗。

读到高中，我甚至认为他们应该离婚。母亲喊天，居然有女儿建议父母离婚的。我说你们吵得很烦啊，我每回回来就看到你们吵架。他们吵的时候我觉得寒心，我和妹妹吵的时候我也觉得寒心。我和整个世界为敌了。暑假在家，我三天没有招呼过妈妈，她买了很多蛋糕点心回来，我依然不受贿赂。我们每回闹别扭，最终以她买零食给我们吃结束。有一次是一大盆葡萄，农科院新开辟的葡萄园摘的葡萄。我不为所动。我的不为所动我并不知道，我还沉湎在自己的痛苦中，并不是和她赌气。她举着晾衣竿走了进来，问我，我是谁？这个问题很奇怪，我心想，你是妈妈啊。但如此简单的问题可能藏有陷阱，我没有回答。她问了两遍，我只好说，你是李翠英。这是她的学名。我是李翠英，我是李翠英，她重复着我的答案，号啕大哭，把晾衣竿向我打来，我是你妈妈，你三天没有叫我了。我又好气又好笑，这完全不是我内心的想法。我摔门出去，才走到三单元的门洞前，父亲大叫我回去。我只好回家，母亲坐在沙发上哭得伤心欲绝，她在叫着哥哥的名字。你是不是一定要把你妈妈整疯？父亲质问我。

爸爸取消停薪留职回单位了，他说应酬很累，还是在单位好。为哥哥治病向私人借的钱已经还完了，向单位借的钱，在工资里慢慢扣就是了。

第十二章

我每回回家都要和母亲吵架，高中时候是每周回家吵一次，现在是每年回家吵一次。我们没法好好过一个完整的年，我突然就为某一句话气急败坏、暴跳如雷。我吵的永远是相同的内容，数落为妹妹奔波的痛苦、对朋友的出卖，父母对死去的人比对活着的人好，重视哥哥而忽略我。妹妹已经懒得理我了，父亲一再警告我不要旧事重提，一切重新开始。妹妹出狱后，获得了赔偿，考了法学博士，已经毕业接案子了。小外甥高中毕业，就要出国了。我依然反复活在 2007 年。有时候，活在 1983 年；甚至再往前，活在哥哥在世的每一个日子。父母不再和我提起哥哥，但我怎么都好不起来。我控制不住我自己，我大部分时间昏沉慵懒，一旦清醒，往事就开始强迫性在我脑中循环。我和所有朋友断绝了来往，我没法看到他们，看到他们就看到了我内心的秘密。我一直没有工作。我回了一次贵阳，在另外一套房子独自住着，吃饭的时候回家。后来依然因为受不了某种熟悉的气息带给我的压迫，又回到杭州。可是依然没法工作。我全身都是病，偏头疼，颈椎病，腰椎间盘突出，哮喘病，月经紊乱，肠功能紊乱。我一找工作这些病就挨次发作。我时常恍惚，记不住事情，丢三落四。妹妹为我支付社保和生活费，父亲时不时给我零用钱。

我感觉自己完全废了。我兴兴头头来到这个世界，最后对任何事情都不感兴趣了。曾经，我认为这个世界应该是幸福圆满的。现在，也是。但是怎么幸福圆满，我不知道；如何复制父母的幸福，也不知道。这世界完全不符合我的想象。我还像一个孩子一样全能自恋，我做对了，是我凭着自己的聪明才智努力的结果；我做错了，就是父母没有及时提醒。

我知道我错了，但是怎么对，我不知道。哥哥，你在另一个世界还好吗？如果你在，已经年过半百了，我会跟着你按部就班，三十而立，四十不惑，五十知天命，一切幼稚的事情就不会发生了。太幼稚了，我的世界太幼稚了。我不知道另外的世界如何，也许更好？我不知道佛教所讲的六道轮回是不是真的存在，那里有很多世界，各种各样的世界，必须死一次才知道。理论永远是空洞的。我回贵阳去死吧，免得劳累妹妹过来处理后事，又辛苦又麻烦，而且很丢脸。别人会议论的，我要悄悄死去不留痕迹。等到别人提起我的时候，已经在记忆中模糊了，摆摆手说道，完全记不清是谁了。我终于不用抵抗遗忘、害怕死亡了。

母亲打开门对我莞尔一笑，我看到她眼中熠熠的亮光，我无意中制造了一个意外的惊喜。有一年我说我回来吧，母亲也是如此莞尔一笑，当即点头："好！"响亮的回答让我宽慰。然而一周之后，我不离开的话，家中紧张的空气，掉一根针都会把它点燃。母亲初见我时慈爱的笑和每一道柔和的线条，都僵硬了。一个人在杭州在干吗。一个人在杭州干吗呢，是好多亲戚对我的设问。言外之意是杭州那么好，但和你没关系，半生过去了，要是玩，也玩够了。出走半生，一身病痛，一无所有。再浪漫的表述，也不如一个可以遮风躲雨的屋檐有说服力。

"你还好吧，兴致这么高，又回来了？你真是自由自在啊，想去哪里抬腿就走。"母亲说。她理智回来了，不可避免的冷嘲热讽开始运作了。

我答应了一声嗯。她说你不会吵架吧。我说是的。她说晚饭正好妹夫请客哦，他又升职了。他们要复婚吗？我问。他们不复婚怎么办？毕竟是结发夫妻，又有一个儿子，母亲说。嗯，各自出去玩了一圈，又回归了，而且小孩子总是希望父母和好的，我说道。母亲撇撇嘴，翻翻白眼。我知道她认为我把妹妹说得难听了，而且还想起我曾讥讽她不如和爸爸离婚。知女莫若母，知母莫若女。我说下辈子我做你妈妈，给你示范一下好母亲是什么样的。天哪，这是一个女儿说的话吗？她叫道。我们曾经以彼此为骄傲，母亲漂亮，父亲聪明，女儿读书好，我在夸奖声中长大，最后变成了不值一提以免尴尬羞耻的废柴中年妇女。

母亲真是幸福，她的前夫和爸爸都那么爱她。哥哥去世的时候，父亲主动提出通知哥哥的亲生父亲。那个男人来了。他望着十六岁儿子那么长条的遗体，没有落泪，没有询问儿子生前的病情，没有感谢父亲替他养育儿子，却对母亲说，我一直在等你。我只好替父亲打抱不平，真是禽兽啊！这个男人还是那么讲究，"文革"完全没有打败他。他穿着一身毛料西装，戴着一顶文明礼帽，还拄了一根拐杖。他这一身衣着令人惊异和羡慕，然而不合时宜，他完全滞留在解放前。他不是来送哥哥的，他是来吸引母亲的。要不是人多，母亲又卧病在床，说不定他会拉住她的手说，李翠英，我们重新来过吧。这大约是一个颇有才情而此生充满了遗憾的人。

母亲提到妹妹的婚姻，讲起结发夫妻的恩情，我的内心戏却是：你要是不离婚，也不会生下我，哥哥不用替你们承担那么多，他说不定会很圆满。哥哥的父亲虽然被打成了右派下放到农村，但是生活依然优越，比起当地的农民，日子好过多了。

妹妹一切都圆满了，我死去，她就成为独生子了。当年计划生育刚开始执行的时候，我们多羡慕独生子女啊，整个社会对独生子女都很忍让和宠溺。妈妈一位好朋友的儿子游泳溺水而亡，她的另一个儿子就成了独生子女，领了独生子女证。我当时觉得不可理喻，这样也可以吗？这不是对不起死去的那个孩子吗？那个孩子来过这个世界被一张独生子女证抹去了。

我越来越恶毒了，我的脑子总是莫名其妙地运转，而且是逆行的。然而不管我的脑子如何逆行，时间根本没有放过我，我顺利地衰老了。我记得我童年的愿望，一件是读博士，一件是在四十岁的时候自杀。小时候不知道天高地厚，觉得四十岁太老了，已经完全没用了。我早就活过了四十岁，我已经赚了。不过现代社会是老龄社会，人们不得不重新定义"青壮年"以激发社会活力。我跟不上时代了，我还是先走一步吧。

死前可以大吃一顿，不错啊，正好齐家欢聚了。妹夫春风得意，小外甥喜气洋洋；经过十几年的单打独斗，妹妹又回归前夫的拥抱，重温当年恋爱的快乐。父亲望着他们目光灼灼，满脸放着光辉，母亲对妹夫也呵护备至。妹夫望着眼前他没有抱过几天的儿子长得比他高一个头还要多，眼珠子都移不开。这里的一家三代多么幸福圆满啊。我要学会祝福，学会赞叹，看见别人过得好，要发自内心地欢喜。我要让光照亮我阴暗的内心，我要多背诵心灵鸡汤以及念佛。我默默吃着菜，感觉自己十分多余，我在心里每抹杀一个人，就离这个世界远一步。我把自己边缘化了，我一直是一个边缘人。我忽而是恶魔，忽而是天使，我不知道如何选择自己的念头。小外甥和我已经不亲近了，孩子长大了有了自己的世界，不愿意理睬大人了，何况他还是男孩子。他也被我从心里推了出去，我不再记得他的生日，不再给他买礼物。

妹夫是一名警察，和游警官还是警校同学呢。

我不知道如何跟着他们回家的，我在思索着是跳楼还是在卫生间上吊。如果跳楼，整栋楼的房价都会下跌。如果在自家卫生间上吊，父母就不得不换房子，房子还卖不出去。损失太大了。我还是到农科院的后山上去自杀吧，哥哥已经迁移到了农科院的公墓。阿哈水库作为旅游风景区被保护起来，所有的坟墓都迁走了。我在哥哥坟边的松树上上吊即可，烧了以后，让父母在哥哥的坟后挖一个坑把骨灰倒进去就行了。这样他们上坟方便。

农科院边上的工厂早在国企改革的时候就垮了，五六十年代建造的三四层红砖楼群还在，大约有十栋。当年这片宿舍区体现了现代工厂的新面貌，是令人羡慕的，而今荒凉、颓败，十分破旧，但依然住着人，透出因陋就简的寒酸和勉强挣扎、顽强活下去的坚韧。童年时，觉得这些楼房高大优越，而今显得矮小潦草。红砖是有时代感的，然而没有设计感，不精致，沉淀下来的是计划经济时期的谬误感。贵阳也今非昔比，但变化波冲击还不到这里，这些地方来不及拆迁、改造。这个工厂是三线建设的时候从上海搬过来的，那时候热闹非凡。后来上海人都回去了。小学三年级时候整天给我带零食玩具并且自动担任我的护花使者的小男生就是这个工厂的，他父亲是这个工厂的副厂长，才第二学期，他父亲就把他送回上海了。这个工厂的男孩子喜欢农科院的女孩子，觉得她们学习好又漂亮。农科院轻浮的女孩子也会喜欢这个工厂的男孩子，大概觉得他们会玩。他们也很野，时不时发生刑事案，打架杀人，人命案发生了好几起。一个女人为了保护她被追杀的丈夫，身上被凶手捅了十几刀。这是多大的仇恨啊？她被送到医院后，彻夜喊痛，天亮时没声息了，去世了。死得又孤独又冤。她被埋在厂区后面的山上，那里有我们的天然游泳池。农科院挖了一口比标准游泳池还要大两倍的池塘，将一股地下水蓄起来，我们夏天在那里游泳。每回我们路过她的坟墓，她的故事就会被提起，让我们胆战心惊。有人说深夜会听到她的惨叫声。

我一直觉得这个工厂的人素质堪忧，话说我们的老姑娘知青数学老师就出自这里。她为了逃离大有作为的广阔农村，找了关系招工到这里，由农民变成了工人，又找了关系到我们子弟学校教书，得到了干部编制，还是愤怨——这毕竟离上海还是太远了，还需要找多少关系啊。身不由己有很多种，她的这种是可以将责任推诿给社会。本该在上海黄浦江边恋爱的年龄，却被"发配"到西南边陲来了。知青，青春期压抑，加上身不由己背井离乡的压抑，逮着什么都可以泄愤啊。啊，她欺负过我的，我突然想起来了。有一道题我不会做，又不想问父母，就在那道题下面写道，老师，对不起，我不会。第二天，她在课堂上发飚了，用质朴的道理批评我，说对不起什么，又不是给我学的。市侩气横溢了教室好几分钟，我哭了。我那声对不起多么礼貌啊，五讲四美的活动还没有开展呢，我就在生活中使用了。每天给我送礼物的上海小男生不怕她，帮我嘘她，还上去踢她，全班哄堂大笑。

我带着绳子，悄然走过这家只剩下宿舍区的工厂，路灯稀稀落落，前一盏和后一盏抢着我的影子，把影子拉长了又拉短。过去，这里每栋楼都发出搓麻将的声音。他们三班倒，深夜也灯火通明。他们精力旺盛，空了就玩。他们喜欢一切娱乐，追求一切时新的东西。他们走过农科院的时候，说这里太安静了，一点声音都没有。是啊，大人们太安静了，我们小孩子声音稍微响一点，就会被大人们教训呵斥。他们还嫌知识分子酸腐。我不喜欢他们。这里也有父亲的好朋友，也喜欢玩音响。他们相约到我家里开舞会。爸爸好客的，大宴宾客，然后开家庭舞会。父母都不跳舞，但他们是最好的观众，他们懂得欣赏。他们看着别人跳得开心，他们也开心。

我走到山脚下，望着黑漆漆的松树林，黑得很实，像是墨汁。风吹过，风是轻的，风是怎么从这密密实实的黑暗里穿过来的？有几团灰影，像是来接我的。他们在林间飘浮缠绕，树就影影绰绰显现出它的形状来。我走进树林，哥哥在不远处，上山五十米的地方。我一直想要见到你，我诵《地藏经》祈愿看到你，像光目女可以见到她的母亲一样。哦，不，我没有光目女那么虔诚，我做不到她那么刻苦。我诵经也祈望自己孝顺一些，孝就是顺啊！也不成，我一直和妈妈拧着。

顺着山路上去，往右拐再走十几米，就是哥哥的墓地了。我在哥哥的坟前坐了一会儿，觉得自己这个多余人这么安排是合适的。我就不必和哥哥说什么了，马上就可以见到他了。只是他依然十六岁，我已经四十六岁了，这实在可怕。不过我也知道人去世后，神识脱离，肉身不附，是没有外表的，这点又让我释然。哥哥坟边很多砖头，我捡起来垫好，将绳子搭上边上的松树，脚一蹬，却想起来我挂在这里，以后家人还敢来给哥哥上坟吗？为什么死亡是吓人的？不，是死人是吓人的。算了，来不及了，吓一下就吓一下吧。哥哥，等等，马上，我就来了，来和你在一起。你这么多年来一个人躺在这里，孤单吗？还是你一直陪着我们的？你的灵魂会分成几份吗？每一份守卫着一个你牵挂的家人？不一定啊，正如我不知道我从哪里来的，我这一挂，也不知道是否原路返回……

我咕咚掉在了地上，还好，不疼。整个人感觉软塌塌的。我的话真多啊！我想着，是不是离哥哥太近了，他不愿意？那到离哥哥远一点的地方挂自己。正好一座坟的屁股后有一株位置很方便的松树，不用搬砖了，挂好绳就能把人直接吊上去。哎，做了一个吊死鬼，不知道难看不难看。我为什么不带着茅台酒和敌敌畏来呢？像星星姐那样死亡也娴静。据说服毒自杀肠胃会绞痛，会翻滚，会呕吐，可是她很安静。我也会安静的。敌敌畏买不到，攒安眠药也行啊。我服安眠药已经很多年了，一次只能买一盒，还要隔上一段时间才开得出来。

我又软塌塌掉到了别人的坟头上。这人的坟头很干净，草皮简直像是割草机割过一样整齐细软。家里离得近，经常来扫墓的吧。奇怪了，绳子不够结实吗？我伸手摸摸绳子，好好地挂在树上呢。我做事总是这么不靠谱，凡事都要来好几遍，沮丧。我起身又抓绳子，这回我专心致志了，我不胡思乱想了。我紧紧握着绳子，像是影视剧表演一样带着仪式感，闭上眼睛，伸出脖子，靠近绳子，绳子触碰到了下巴，它牢牢地挂住了我的脖子。我的脊背发麻，电流迅速穿过脊柱冲击后脑，一个灿烂炳焕的世界在我眼前展开，强烈的快乐灌注进心里，我正要落地，身后被猛拍了一巴掌，一股巨大的推力又让我陡然悬空，我睁眼看到了伸手不见五指的夜。我的手卡在我的脖子和绳子之间，剧痛让我号啕大哭，我叫着："哥哥，你放开我啊。"我又掉到了地上。事不过三，我的勇气已经用光了。哥哥太偏袒妈妈了，也偏袒妹妹。我到他的坟前踢了他几脚，下山回家了。

　　门虚掩着，我出门的时候没有锁门。遗书还在桌上，只有一句话，交代了我在哥哥那里。我把遗书撕了，点了根烟平静脑子。掌心依然剧痛难忍，点烟吸烟都成问题。我听到父亲在上卫生间，他可能刚刚一觉醒来。我吃了三颗安眠药睡了。

　　我是被妹妹的号啕大哭惊醒的，妈妈烧饭的时候昏倒了。多么凑巧，妹妹恰好回来。要是等我和爸爸发现，妈妈可能已经废了。妹妹的哭声太吓人了，可谓如丧考妣，我掀开被窝冲了出去。我头昏脑涨，脚绊住了沙发，一跟头栽进厨房里，跪在妈妈面前。菜还在油锅里扑哧扑哧发出被煎炸的气响。妈啊，妈妈啊，妈……我跟着妹妹高一声低一声地喊着。妹妹打电话，把才回警局的妹夫给叫了回来。妹夫一路拉着警报送到了医院。我只在睡袍外面裹了一件风衣，睡袍太长，粉红色的下摆在脚面荡来荡去，脚上带着绒球的粉色绒毛拖鞋，这让我很不方便。反正我也没有什么用，我干脆坐在休息区发呆。

　　心疼。疼痛是唯一不会麻木的感觉。那躺在地上苍老、僵硬、臃肿的身体是妈妈。我也快了。衰老从来不会减缓它的脚步，甚至会加速。我的心紧缩得嘴皮发麻，手指头也发麻。我现在动辄出现电击感，会不会罹患帕金森症？我又开始胡思乱想，杞人忧天了。没想到小外甥这么管用，先是大喝我们不要乱动外婆，叫我们不要号了，人又没死——他被外婆宠得和我们讲话没老没少的。他把外婆放平，在外婆的耳朵上扎了一针，放了几滴血。这些我在网络上看过。外婆睁眼见到一脸镇定的外甥，笑了一下，想说什么，说不出来。这就是生命的延续，母亲传递给妹妹，妹妹传递给小外甥，新陈代谢，新旧更迭。我对此是冷漠的——我希望我善良一点。妹妹怀孕的时候，我甚至是反感的，我看到孕妇的大肚皮本能地害怕。我这部分的人性是缺失的。妹妹说她想要吃小笼包，爸爸一言不发骑车出去给她买了二十个回来，她坐在餐桌前一边讲话一边就把它们吃完了。刚生完孩子的妹妹虚弱无力，不过实在难看，像是生育机器，小外甥则让我惊喜得连连尖叫。我的情绪能够平衡一点吗？能够内敛一点吗？我是我性格的最大受害者，最想改变我的，是我自己。

小外甥嘴巴会哄人，他牵着外婆的手走在街上，望着车来车往，对外婆说，婆，我长大了买多多的车给你哦。外甥像舅舅，哥哥也是一样的。别人逗哥哥，说长大了要娶老婆的。他说他不要，他都给爸爸，他要给爸爸娶多多的老婆。小孩子的奉献意识哪里来的呢？是因为他们自己想要吗？知道先要"给"，才能"要"。画大饼是管用的。

我从未想要给哥哥什么。至于哥哥"给"我，那是"理所应当"的。哥哥呵欠连天地起床给我煮面。哥哥把我当拐棍拄着搂着去上学，害我被同学笑。我骨折了他每天背我上下学。我在教室难忍孤独，求他下课了来陪我玩，他拒绝。他组织农科院的孩子们去阿哈水库玩，半路附近的人抢，抢完了，他依然嘻嘻哈哈玩，兴致不减。哥哥把阿哈水库的亲戚都当作自家亲戚，他比我还认这些亲戚们，他很为这么大的家族感到骄傲。瘪伯伯给他选墓址，小狗妹对他毕恭毕敬，稳权叔叔任由他作弄。他完全将父亲的家族认作自己的家族，没有歧视，也没有客气，任何隔外的生分都没有，大方得体。他们每一个人都很会保守秘密，他们憨厚老实善良，他们接受妈妈，也接受哥哥。爸爸多么爱妈妈啊，即使妈妈带着一个孩子离异了，他还是爱她。他没有任何成见，他不抱任何成见。他还那么年轻，又优秀，深得领导的赏识和很多女人的喜欢，可他还是选择了妈妈。爱就是爱，从来没有变过。即使在现在的时代，未婚的男人也常常没法接受这样的事情。甚至，现在的价值观更恶劣了，他们不仅更加没有责任感，反而想要娶一个白富美以期少奋斗一辈子。

哥哥怀着猜疑，依然假作真地生活，大家配合得天衣无缝，每一个人对他都很好，他对每一个人都很好。他怎么做到的？他的思维是怎样的？是智慧？是善良？是生存策略？或者仅仅是，父亲爱他？给他心里放进了爱的种子？我的批判的武器开始作用，而且是用在哥哥这里。啊——我深深吐出了一口气，我的心连哥哥都容不下了吗？

父亲教他装收音机，故意让他触电让他体会"电感"，懂得用电安全保护自己。这是父亲唯一对他狠的一次。父亲从来不打他，连大声呵斥都没有。这就对了，不是自己亲生的，他下不去手。难怪妈妈打哥哥那么狠，吓得我直哭。

哥哥迁坟的时候我没有回来，不知道为什么没有回来。可能我有很多窘迫，还有很多怨言，我们对哥哥太隆重了。让喜欢大包大揽、精明强干的妹妹好好表现自己吧，我扛不起这件事情。哥哥，真是抱歉。妹妹说你的头骨萎缩得很小，像是儿童的。她看着你的骨殖从泥土里一根一根地被挑出来，放进瓦罐里。棺材腐烂了，塌陷了，你和泥土融为一体，又被挑出来了。你坟墓后一棵松树的根长进你的脚里，把你缠住了，难怪我们两姐妹不顺。我听着她迷信的陈述，没有任何情绪起伏。她贵为博士，还是学法律的，可是也很迷信。你又被安葬进一个风水很好的墓穴里。我们对你的感情比对外公和爷爷的感情深厚，耗费的精力也更多。妹妹的迷信充满了感情，我可以想象她向母亲交代的时候，又将获得母亲的欣赏。她办事很可靠，是母亲喜欢的能干的样子。这两个沉湎人情世故的市侩的女人。啊，你是小市民养大的，母亲驳斥过我。可是这尖锐的声音丝毫不能让我信服，也没法割伤我的心了。龙生九子，九子不同。但是我失败了。妈妈，你是对的，我来错世界了。我的世界不在这里。在哪座山头就唱哪里的山歌，你不要总沉浸在自己的世界里，你要走出去，父亲说。走出去不一定需要，孝顺妈妈才是需要的。我既然死不了，就该好好活着，找一个对象，结婚。要求是什么呢？喜欢我就行了。还会有人喜欢我吗？妈妈说，给你一口饭吃的就行。

"啊，吓死我们了，"我叫道，我终于愿意对妈妈表达感情了，"你出事了我们怎么办啊？"

"我也是说我要死在你爸爸后面，要不然你们乱成一锅粥，我根本放心不下。咦……我家乖孙儿管用了。"妈妈说道。

"你？肯定是我死在你的后面，要不然你怎么承受这些？她们两个哭得哦，烦死了。"爸爸说。

听着他们如此肉麻地互诉衷肠，我始料未及，没想到老了来，他们的感情好得像是小年轻。

"哥哥在天之灵保佑妈妈啊！"我说道。

听我提到哥哥，爸爸怪笑着望望妈妈，说道："就是他害的。"

"怎么他害了？"我问。

"我从来没有梦到过哥哥，昨天梦到他来找我，第一次。"妈妈说道，"早上起来我和你爸爸说，奇怪哦，咦，小琳琳来找我了，和我说什么我忘记了。"

"你从来没有梦到过哥哥？"我万分惊讶，"我是这几年才不太

190

梦到了。"

"是啊，我怎么都梦不到他。妹妹也是三天两头梦到他，还看到他在家里走来走去。"

妈妈出院，我也该回杭州了。暂时只能这么东荡西荡了。现在交通方便，跨越一千八百公里，好像只是出门买个菜。有时候在杭州死活找不到的衣物，在贵阳的衣柜里好好待着呢。我实在太闲了，为了找一件衣服冒火连天，耗费一个下午生自己的气。忙碌的人，既不会纠结于这些琐事，脾气也会好起来。哦，应该是风格变了，妹妹一改过去那种咄咄逼人的女强人形象，一副格局开阔、温婉大方的样子，还号称从来不发脾气，发脾气的人是懦弱的。我只能佩服她遗忘的本领了，她当着知根知底的童年玩伴都可以用"从来"这个词。"你老记得过去干吗？把自己搞得很痛苦。何况谁不是聪明人？别人都很善良，看见她挺过来了，替她高兴。你倒是不给面子，时时揭人的伤疤。"父亲说，"小丽丽，我再给你说一遍，人要往前看。"

是哦。

我喜欢听父亲叫我的乳名，他不管生气还是高兴，始终是"小丽丽"。母亲在不同的语境用不同的称呼。事情严肃或者严重，称呼我的学名；心情愉快舒畅，叫我乳名，但不常加"小"字。姑爹呢，也是叫我小丽丽。表姐表哥们永远叫我的乳名。贵阳话里，"丽"发的是阴平第一声，像是普通话里的"妮"，好听婉转。我不想走出乳名的世界。

琳琳是哥哥的乳名，这个名字藏着他另有亲生父亲的信息，永远被亲戚们叫着。

我的掌心一直疼，有时候稍微用力就疼得喘不过气来。没肿，隔了几天有点发黑。我买了膏药贴了。先把手养好再回杭州吧，要不然烧饭都成问题。在这里，可以偷偷懒混过去。应该没有骨折，我骨折过，疼痛一分钟都忍受不了。家务事是妹妹和父亲做，我依然像以前一样，睡到午饭烧好了才起来。曾经有一回，我9点醒来上了趟卫生间，妈妈以为我起来了，给我煮了鸡蛋酒酿汤圆。煮好了推开我的房门一看，我又睡着了。妹妹惊呼，幸亏是自己女儿，只有亲妈才会这样；要是婆婆，不骂死你才怪。我嘿嘿一笑道，我不会找一个会烧饭的吗？你赶紧去找，妈妈说。呃……听起来像是甩包袱，女大不中留，不是女儿不留，我说道。

父亲要我剥豆子，妈妈想吃。什么时候吃不好啊，奇怪哦，我嘟哝着，为什么不买剥好的？每回妈妈想吃什么，父亲就一直给她买，而且还买很多，根本吃不完。有一回他给她连着买了四天的大南瓜，又有一天给她买了五斤松茸。昨天我说想吃折耳根，他忘记买了，今天特地提醒他，他还是忘记买了。我望着一大盆毛豆，心头发凉。手指根本不听使唤，无论碰到哪一根，都疼得我吸冷气。怎么办？只能剥。我磨磨唧唧剥着，盼着妹妹早点回来，我好溜掉。

小时候我就特别讨厌剥毛豆，剥得我的指甲疼。那时候菜市场的服务不好，没有半成品加工，家务事多。妈妈每回叫我剥，我就说我不喜欢吃。你不吃我们就不吃吗？她问。她会冒无名火，而且越来越旺，絮絮叨叨地，居然拎起我的胳膊打开门把我扔在门外。我无处可去，蹲在门口流泪。吃饭的时候，她打开门一笑，叫道：回来吃饭。她和爸爸说："丽丽扔出去不走远，傻乎乎地蹲在地上哭。芬芬扔出去就自己玩去了，然后嬉皮笑脸地回来，没事儿一样。"

"她不是手痛得筷子都拿不起吗？还叫她剥豆？"妈妈问爸爸。

"等她做，整天在家里衣来伸手饭来张口的，怎么行？"爸爸回答。他到处找绳子，他特意买回来准备把鸽子笼捆在阳台上的。

豆子我只剥了几颗，吵架怎么开始的，忘记了。妈妈闻风而动，替父亲两肋插刀。她的态度陡然大转弯，先前还护着我手疼，现在让我滚出去："陈丽，家里已经忍了你十年了，已经受够了你的吵闹，你只要声音响一点，爸爸就吓一大跳。你摸着良心说一下，要说妹妹不好，你的社保谁给你出的？赶紧走，我是认真的。"

我把我的右手捂在左边的心上，什么都没有摸到。

父亲也是认真的，认真执行着妈妈的命令。他说他们还想多活几年，免得他们死在我的前面，不放心。

这两夫妻关系越来越好了，所有的故事都翻篇了，只有我还卡在时间的缝隙里。我要么干脆得个精神分裂症之类的算了，直接彻底地退行为一个孩子。可是没有。

回杭州倒好了，天天吃外卖，方便。厨房堆满了垃圾，房间里也堆了六袋。倒不是垃圾袋扎不紧，扎紧了还是生出了果蝇。高中生物课讲过，果蝇繁殖快，七天生产一代。估计它们已经生产了三四代了。在在处处，无不是果蝇，密密麻麻的，我起身或者落座，飞起一片。电脑显示屏上时常停着一排，远看，再加点想象，像是高压线上的候鸟。它们有点呆，飞行技术不熟练，不如苍蝇，主要是不吵，不会发出嗡嗡嗡声。我已经懒得驱赶它们了。驱蚊喷雾没有了。我实在出不了门，一想到出门我就懒。这种懒难以描述，像是在漆黑浓稠如墨汁的夜里挖了一个坑，把心藏进去了，随即整个身体也被这种浓厚的黑暗消融。

我和家里不爱通电话，没话说。妹妹每天可以和妈妈说上半个钟头，事无巨细都聊，妈妈喜滋滋地听，爸爸在电话后面插嘴，盐放多放少都可以叨上五分钟。我和妈妈的对话永远枯燥乏味，妈妈好吗？好的。爸爸好吗？好的。接下来沉默片刻，妈妈说，好吧，就这样。好的，拜拜。我曾经模仿妹妹和妈妈叨的，妈妈兴致不高，让我觉得自己很傻。这种孤单是一步一步陷入的，不知道什么时候习惯的，我倒也安之若素。这种孤单和死亡并没有什么区别。我时常怀疑自己其实已经死了，但那个世界是灿烂炳焕的，所以我可能还活着。随即，我又察觉到自己为死亡设定了一个美好的图景，这可能是又一次失望的轮回，我赶紧纠正了自己。

我拨通了家里的电话，爸爸接的。爸爸问我手好了没有，我说好了。问我吃外卖变胖了没有，我说应该没胖。问我有没有请家政打扫卫生？我说家里来个人怪怪的，我要盯着她一个下午，还不如我自己来。那你自己打扫啊，爸爸说。好啊，我答应着。你离西湖那么近，每天要出去逛逛，爸爸说。好啊，我答应着。今天的话怎么这么多？我心生疑窦。你的钱够不够？妈妈在电话后面大声嚷着，我算着你的钱该用光了。父亲猛然打断妈妈道，没钱了她会说的。我怎么会说呢？我也要脸的啊，我想着，突然意识到妈妈是我的亲生母亲了。她肯定是我的亲生母亲。

第十三章

我们上幼儿园是自己去的，不要父母送。我们的幼儿园在农科院的那一头，而我家在农科院的这一头。我先要沿着一座小山坡"走"到山头——地势太平缓，我太小，才三岁多一点，人还贴着地面，就以为是"走"。有一天，我突然"开"了眼，才发现这段路应该是"爬"的；或者是，我的词汇量突然增加了，会用"爬"这个字了。

这座小山坡的半山腰有一座酒坊，做包谷酒的，终年散发着酒糟的气息。做酒的师傅会在心情好的时候，盛一碗熟包谷放在肚皮上，朝天袒腹躺着，把腿给他幼小的儿子坐着，父子俩你一把我一把地抓包谷塞嘴里嚼，人间美味的样子。这让我觉得用来做酒的包谷是天下美味，和着天上飘浮的云彩和酒糟气息一起装进心里的。

这条路的这边呢，是旱粮所的试验田，冬天种小麦，夏天种玉米，不管是小麦还是玉米，他们的穗子上总是罩着小袋子。罩小袋子，是防备杂交以后出现"飞花"的情况。母亲那会儿在旱粮所，也就常常出现在这片地里。她端着小板凳，戴着草帽，坐在麦田里，拿着很多小巧的盒子和镊子之类的东西，这边刷刷，那边刷

195

刷，然后罩上小袋子，很有趣，像是小孩子扮家家。这些东西会被我揣进荷包里，真的成为我的玩具。有一年，农科院突然把这片田用来种西瓜，哎呀，西瓜丰收的时候，简直像过节。那会儿一切东西还是公家的，公家的就是大家的，大家就一边收西瓜一边聊天一边用瓜皮砸人。这个西瓜没有搞好研究，西瓜皮很厚，卖不出去。

我既不喜欢玉米田也不喜欢麦田，它们总是弄得人痒痒的。我也不喜欢西瓜田。我如果去到热闹的地方，就是最落落寡欢的人，所以我不太去。

哥哥去的。

哥哥是这种人，走到哪里都受欢迎，他又勤快又客气，又会说话又会做事。他回来，会抱着一个西瓜。他是这样的人，走到哪里，哪里有东西熟了，就会有人叫他把属于公家的东西带点回家。他带回苹果梨子桃子西瓜什么的，很多。我只带过一次。那天我经过桃园，看守桃园的甘妈妈和妈妈是好朋友，她叫住我，招手示意我去。我去了，她递给我很多桃子，我还怪害羞的。她给得这么多，我害怕农科院的领导看见了会教训我：你吃一个两个可以，怎么可以带这么多回家。后来甘妈妈给妈妈说："你家丽丽老实，没有琳琳机灵。"

琳琳就是哥哥。琳琳很会看别人的眼色。哎呀，那个眼色是不可说的，但是心里全晓得，三步两步猫步地蹿过去，拿了，再三步两步猫步地蹿回来。一句话都不需要说，谢谢也不需要说。

琳琳非常尊老爱幼，那会儿在粮店买米很辛苦，排好长的队；扛回家更辛苦，走好长的路。但琳琳会帮老人家买米扛米的，而且毫不计较人家是不是农科院的领导。琳琳很接受别人的偷公济私，也常常无论公私地照顾别人。我不行，我接受别人的偷公济私总是有点扭捏，也不太照顾别人——我的眼睛经常看不出来谁需要帮助。情况就是这么一个情况，没法。我是这样的人，不太可能有出息的，性格就是这么一个性格，没法。

我既不喜欢玉米田也不喜欢麦田——我写着写着绕圈了，重起一行，从头来过——我几乎没有怎么走进去过，我好像天生嫌弃这样的地方。要找妈妈怎么办呢，我就顺着玉米田或者麦田边上走，走几步喊几声妈妈，走几步喊几声妈妈。

妹妹会喜欢这样的地方，这算是她童年的游乐园。她会去摘人家套好的袋子，偷偷拿几个装有花粉的小盒子，最后，还殷勤地抢过镰刀割麦子，把自己的脚腕割出来好大一个口子，血流如注，吓得所有人脸色惨白。据说那天她号啕得翻江倒海，一众人火速送她去医务室。养伤的那段日子她天天撒娇，好像那个口子是别人割的。

妹妹是她自己强行投胎到我们家的，是父母计划外的。妈妈已经不想要孩子了，有我和哥哥就好了。她已经戴上了节育环，而且两只。第一次的节育环并没有取出，这医生有多糊涂。然而妹妹天生聪慧，绕开了层层封锁，直抵母亲的子宫安然住了下来。她在整个孕期也没有给母亲添什么麻烦，没有像我极度饥饿，深夜也要妈妈恶补两个荷包蛋，不吃不让妈妈安然入睡。在那个物质贫乏的时代，父亲为了给母亲弄鸡蛋，不得不搞点投机倒把。母亲要生产了，她坐公交车到省人民医院，医生看着她的肚子说，回去吧回去吧，肚子还这么小。后来医生开玩笑，要不是妈妈坚持，孩子要生在公交车上。

母亲生哥哥的时候，四姨陪着。半夜三更的，没有车，只能自己走到医院。四姨还很小，没见过这些，她经受着双重担忧，生怕妈妈生在路上。她说妈妈很厉害，疼得走不了了，就在路边歇口气，然后忍着继续走。从省政府宿舍走到省人民医院，是很远的路。妈妈走到医院生下了哥哥，四姨赶紧去通知外公。外婆不在贵阳，她在照顾刚怀孕的二姨，二姨在贵阳远郊大山洞的部队工作。我问四姨，哥哥的爸爸呢？四姨说：他是省政府办公厅秘书，被打成右派隔离审查了。

嗯，只有我是被父母计划着来到这个世界的，我是带着任务来的。是的，父母常常吵架，他们听从了别人的建议，说有一个孩子就不会吵了。啊，不，争吵会继续，并且我也会加入其中。

我走了半天，还走在童年去幼儿园必经的小路的开头。这条小路多年没变，直到初中，酒坊才没有了，修了澡堂。后来，澡堂没有了，食堂搬迁到此处，划归为食堂。后来食堂改革，改建为学术研究交流中心。

这条路走完，就是院办中心了，叫作红楼，是修在山顶头的。红楼边有一个晒坝，叫作大晒坝，是相对于食堂边的小晒坝而言。农科院每年都要晒种子，所以晒坝不嫌多。

有一天突降暴雨，哥哥飞跑着经过大晒坝，有人在收种子，来不及了，看到哥哥大叫："琳琳，快来帮我收种子。"

种子是很重要的东西，凡是农科院出生的人都晓得，种子被淋坏了，可能某个研究者几年十几年的心血就没有了。哥哥帮她抢收——这是一个女知识分子。收完呢，人淋湿了；回家，感冒了；感冒，脸肿了；脸肿，是得了急性肾炎。急性肾炎转为尿毒症，三个月后，哥哥去世了。

哥哥为社会主义建设献出了他宝贵的年轻的生命。

哥哥刚初中毕业，想做点临时工赚钱买一块手表，一块二三十元钱的机械表。他不要妈妈帮他买，要自己赚钱买。他每天上班下班的，就这么在大晒坝偶遇了一场雨和需要抢收的种子。

　　好像我家人肾脏都不太好，有点娇气，一碰到就生病。有一回我觉得有点累，妈妈说，肾不好。我只觉一股凉气从后脊背直冲到后脑勺，十指和十趾上开出一朵朵雪莲。哥哥不好就罢了，妹妹不好也罢了，我还不好？我说你们生孩子就不懂得遗传一下优良基因？那我的肾脏只好向雪莲花学习了。我一个姨妈也因为肾病开了刀，大舅进一步确证地说："看来我们家人的肾脏都不太好。"我可不同意他的总结，我的肾脏好得很，是一朵雪莲花。2007 年，妹妹刚开完刀就被投入看守所，我不抓狂是不可能的——虽然我的抓狂来得很慢。妹妹很早就说她肾不好，我常常觉得她是为了引起关注而谎称的，或者是生性浪漫的特质让她夸大了病情，或者是心理阴影造成的错觉。总之，我觉得她很健康。她比我们任何人都健康，精力旺盛得可怕，喜欢热闹，人来疯，不归家。医生让她住院开刀治疗，真刀真枪了，我才信了。而我第一反应居然还是，啊，用了什么手段让医生相信她病了还给她开刀——我对妹妹的成见深到不可理喻、丧失常识的地步了；或者说，哥哥的事情让我不愿意接受常识了。等我接受了，随即，我走向了另一个极端，我开始抓狂了，疯子一般不择手段要把她从看守所弄出来，不停地写上访信要求取保候审。而这件事情不断受挫，越挫我越恨。嗔恨弥漫了我的整个世界。

　　话说大晒坝边上还有一个橘园，这个橘园非常神秘，被竹篱笆围得严严实实，因此给我非常干净的感觉，我总想钻进去，或者根本就是想偷橘子，可我们偷不着。看守橘园的人也很神秘，不好接触，好像是那个最热爱公物、最保护公物的花公公看守的。花公公还负责农科院全部花园的花花草草。我们每看到花公公总是甜甜地叫，他有时候答应，有时候不答应。答不答应。都没有笑容，令人生怯，不敢开口讨要花草或者橘子。我们多半是"偷"，似乎也不是"偷"，看到了喜欢的，摘一个，被他撞见，一顿呵斥，才是"偷"。他很老了，腰都直不起来了，走路也慢，每天不是在花园这边种花，就是在花园那边种花。他的腿脚慢，所以嗓门儿响；嗓门儿越响，我们越怕。他对我笑过，那是因为我和妈妈在一起。妈妈给他讨要蜡梅花，他分了一枝出来给妈妈。妈妈很喜欢花，自家院子里种了很多，蜡梅、芙蓉、无花果、月季、牡丹、芍药，那些小小的花就更多了，旱金莲、夜来香、茑萝、胭脂花、大丽菊、三色堇什么的。如何种花，妈妈时常请教花公公的吧。

橘园的尽头，有植保所的院子，里面有养虫室，我对养虫室也感到非常神秘。我趴在养虫室的玻璃墙上看虫子，它们的肥肚皮贴在玻璃上，我的脸也贴在玻璃上。我们隔着一层厚厚的玻璃。它们有毛茸茸的翅膀，翅膀上都是粉尘，它们一振翅，扇得粉尘乱飞，和着光变得异常晶亮。它们的脚也是毛茸茸的，上面也长满了粉尘。它们头颈的地方好像沾满了脏东西，也都是粉尘。它们的肥肚皮肥得好像轻轻一碰，就会流出黑色的液体。可它们是一节一节的，灵活得很，弯曲着，拱着背，好像就可以减轻重量，变得轻盈。它们很多都是飞蛾，我觉得它们是飞蛾。植保所的人专门养飞蛾，养了一整个玻璃房的飞蛾，它们实在太多了，挤作一堆，好像夏天夜晚扑满了街灯的飞蛾。我看得毛骨悚然，又好奇又惊讶又害怕，一边恶心，一边仔细看。每当看仔细了什么东西，恶心又加深一层。如此循环，十分恶心十分好奇十分快乐。妈妈的教科书，前面几页是幼虫的彩色照片，鲜黄翠绿，肉嘟嘟的，令人十分嫌恶。我看一眼，啊一声，合上书。过一会儿，又打开，又看一眼，又啊一声，又合上书。长大后，高考填志愿，父母提议我报考农学院的植保系。植物保护这个专业适合女生，不用在田地里劳作，一年有半年闲着。植物保护？我第一个想到的是植保所的养虫室，我说，我不想去养虫子。农科院没出息的人才会去考农学院，我们那会儿就是那么想的。

养虫室边上有水泥砖头砌出来的小块小块的水田，种研究用的稻子，如此精心，让这些水田显得精致又可爱，和田野上的水田比起来，像是小孩子的玩具。我常常在水泥格子上跳来跳去，像是跳房子。有时候我只是喜欢地看着它们，觉得农民的田地都这么小巧可爱就好了，那么农民们就会非常干净了——我小时候嫌弃农民，是觉得他们不干净。那时候妈妈带我去乡下，我总有点城里小女孩的矫情，那些人就笑道，城里来的小姑娘。

这边红楼最尽头最大的一间办公室，是土肥所的实验室，格子架上的试管也非常可爱，常令我生占有之心。有时候会有废弃的试管扔在实验室外的明沟里，里面装了白色的胶状凝固体，在我们求试管不得的时候，只好捡这些来玩。

每当路过大晒坝，我就一会儿想去橘园偷橘子，一会儿想看养虫室的虫子，一会儿想去找试管。我其实是一个胆大又调皮的女孩。

从院办公大楼出来，是一条两边种满了杉树的路。杉树高大，浓荫厚重，树身和树下都长满了青苔。我总在这条路上遇到妈妈的同事和领导们，我甜甜地叫他们，左伯伯、田伯伯、刘伯伯……他们总是和蔼地答应我，称赞我乖，有时候还会抱我一下。每当感觉到这个意思，我就会自觉地张开两条小手臂，以便他们弯腰举起我。他们还用下巴上的胡子刺我，我咯咯一笑，缩作一团，他们又轻轻放下我。这条路的一边就是橘园，橘园的另一边就是大晒坝。

这条路有遮荫蔽日的杉树，令一年四季恒温，冬暖夏凉。这条路令人心静，所有人都变得温和可亲。这条路上有一个十字路口，正中也种了一棵杉树。这棵杉树更加高大，四铺的树枝将里面罩出一个封闭的空间，我们可以钻进去办家家酒。路的那头是灰楼，有图书馆和其他几个研究所。过了图书馆，这条路还是直的，尽头，是木楼。木楼年久失修了，属于危楼，当时就已经严禁我们小孩子去玩了。红楼、灰楼、木楼，在一条直线上，在一个山包顶上，很讲究，这是中国传统的造园方式。其实这座山还在起伏，木楼过后，是叫作"干打垒"的居民区，顺着这里往上，有一个山峰，山峰上长满了金银花和杜鹃花，山后有一个山洞。小朋友们常常邀约了要去钻山洞，但从来没有成行，只能听大孩子们讲他们的经历。据说洞很深，他们也不敢走远。山顶上挂了一口钟，每天，一个瘸了腿的老公公上山去敲钟，我们听见了，就知道钟点了。传说这个老公公在1980年代去世的时候，家里四处散放着钞票，全是他的工资，加起来两三万了。他领了工资，随手一放，就这么着。无儿无女没有妻室亲戚朋友，生活就是这般无所用心，那会儿也没有小偷，没有慢藏诲盗之忧。后来我跑马拉松玩越野，去跑了这座山，三步两步跑完了，才六百米，爬升六十七米。儿童的内心多么弱小，我对比出来了。

那时候的食堂也在"干打垒"，如果父母出差，留了我们三兄妹在家，每天都得吃食堂。有一天看到一个叫作"泥鳅辣椒"的菜，才一角五分钱。哥哥说，这么便宜啊，有泥鳅哦，买了这个菜。买了看，只有青辣椒，翻来覆去找不到泥鳅，才知道，青辣椒油炒了像是泥鳅，所以叫作泥鳅辣椒。

那时候要买好吃的东西，得抢的。抢的话，就得我来配合哥哥了。我很不喜欢。我打小儿就得配合哥哥，不喜欢了，哥哥哄一阵，才开始做。

奶奶家往外婆家的大十字路上，有一家包子很好吃，每次路过都人山人海，哥哥说我小，容易钻缝，把我推着塞进去，下面还要扶紧我，免得我掉下去够不着窗口，才能递进钱和粮票，递出来包子，我们才得吃。我老是噘着嘴说宁愿不吃，哥哥和妹妹就嘲讽我，嘲讽一阵，我还得和哥哥一起去挤。逢年过节在服务大楼买年货，也是这样的。只有钱和粮票、肉票是不行的，还得挤。我眼泪汪汪的，不想挤。不想挤不行啊，要吃啊。就这么着，哥哥哄一阵，说一阵，我们两个分别排队，排到后来挤了，他再和我换位置，由他最后"抢"着买，这样才好。要不然我会被欺负，或者怕我被欺负——这世界一直让人怯生生的。队伍后面一般还整齐的，越到前面越挤，人全瓮成一堆了，像是一群饿慌了的劫匪，可分明是有钱有票证的购物者——所以也不是购物者了，是得到供应者，全然没有购物的快乐。为了买一点年货，如此卑微毫无尊严。还是不对，不管多挤多累，内心还是快乐的吧。我们哪能预料到现在所拥有的物质丰盛、奢侈品消费和购物快乐呢？不能用今天的快乐去否定过去的快乐，即使过去的快乐那么微不足道。每回要到前头了，我就开始叫了："哥哥，哥哥，要买了。"哥哥很烦，对着我嚷嚷："就过来了，这边也快到了。这边先到买好了再来买你那边，来不及了，你就让两个人给他们先买。"有时候不是主动让的，是别人欺负我小，插队。那么怎么办呢？只好让他们插队呗。

每回我要哭一阵，才能完成购物任务。完成了之后呢，哥哥和妹妹肯定要给父母说我没有出息，笨，就晓得哭。我自我感觉呢，好像天生就超越了物质需要，少吃点，或者吃得差一点，无所谓。

这个也是没法，天生的。可是不吃行不行呢，不行，还是要吃的，还是得去挤去抢，去实现自我。现实就是这么变着法让人"抢"。

所以妹妹的事情出来，我深深怀念哥哥，妈妈也深深怀念哥哥，不是没有道理的。

在院办中心的山下，不过一百米远的山坳里，斜坡上有一座小小的院子，院子正中有一排房子，那就是我的幼儿园。右边，是我们小朋友午睡休息的地方。左边，是我们吃饭的地方。中间，是我们的活动室，我们有一些简单的玩具。我们的院子里，因为贵州独特的喀斯特地形，有孤零零的怪石突起。最大的那块怪石下方还凹进去一个坑，很平滑，我们可以当它是宝座，上演我们的童话剧。每天午后，总有尿湿的被子晒在院子里，有小朋友被大家嘲笑。院子是一个斜坡，在下午自由活动的时间里，我总是从上面冲下来，又从下面冲上去，乐此不疲。

我们上幼儿园都学些什么呢？好像什么都没有学。我记得小学升学考试的时候，我从一数到十都难。我还不到学龄，但是妈妈要我提前上学，她说女孩子懂事早，应该提前上学。我很晚很晚了，才明白她说的懂事早是什么意思。妈妈从人世间获得的普遍常识，用在我这里，皆是错。这是我们母女不和的主要原因。

妈妈带我到小学校，要求老师收我。那时候管理没那么严，再和校长以及院里管教育的副院长说说，我就在老师的办公室接受面试了。老师问了好几个问题，我都回答不出来。最后，她只好说：你从一数到十吧。我站在老师面前，妈妈站在老师背面，我望望老师，再望望老师身后的妈妈，结结巴巴数不出来。妈妈笑，悄悄提醒我，老师不好说什么。我望着妈妈，又望望老师，在终于吐出"十"的时候，老师舒了一口气，说道：好的，可以了，报名吧。

我就这么进了小学校。我不是数不出来，我是紧张，我在妈妈带着我走上走下"开后门"的过程中，感觉不舒服。我这么呆板，大概需要另外一套教育方式吧。

我们幼儿园的阿姨，我只记得刘阿姨和一个年轻的老师，这个年轻的老师姓什么，我不记得了。她们不像是老师，更像是保育员。要么就是我读幼儿园的时候一点不用心，什么都没有学到。刘阿姨年纪很大了，头发都花白了，她的背总是佝偻着，主要任务是照顾我们吃饭和午睡。我们吃饭用的是绿底细白花的搪瓷碗，一个碗装菜，一个碗装饭。有的小朋友不要菜，就举手说："我要吃白白饭。"刘阿姨就端给她一碗白饭，不端菜。我也跟着学，我说："我要白白饭。"我们已经在学普通话了，但是我的普通话不标准，白白两个字发音不对，刘阿姨纠正我："是白白饭。"我跟着学："白白饭。"刘阿姨还是说："不对，是白白饭。"我重复："白白饭。""嗯，这回对了。"她盛来一碗白白饭。真是模仿饿死我，其实我想吃菜的。吃白白饭很快就饿了。

那个年轻的老师好像只是教我们跳舞，我们六一儿童节时候的舞蹈就是她教的。我们排成一排，坐在地上，一条腿向后伸直，一条腿在前盘曲，双手划开，嘴里唱着："大海边，沙滩上，风吹浪打……"我们摇摆着，做出风吹浪打的样子。

我很喜欢跳舞唱歌。有一回爸爸的同事要我唱歌给他听，我张嘴唱道："毛主席，我不爱你，不听你的话，要淘气。"妈妈听见，脸色大变，喝止我："你乱唱，你这个小反革命。"我被妈妈极度严厉的态度吓傻了，呆住，不敢说话。我当时发挥了一下，调皮地把歌词改了。爸爸的同事说："小娃娃家不懂事，不要吼她，把她吓到了。"妈妈说："要是在前几年，不是现行反革命是什么？"

幸亏不是在前几年啊。

我们肯定被安排了很多课程，因为我用右手写字是在幼儿园改过来的。幼儿园老师给妈妈说："你家丽丽用左手写字，写的字我们认不出来，要反过来对着光照着看，才看得懂。你要给她改过来。"

我不记得幼儿园里，谁教我们写字了。幼儿园里老师很多，不止两个，可是其余的人都面目模糊，姓名不详。在我们午睡的时候，她们坐在活动室聊天，偶尔听听小朋友们的动静，巡视一下他们被子盖得好不好。她们不喜欢我这个不午睡的孩子，瞪我一眼，让我出去玩儿，不要吵到其他小朋友。我只好和院子里那座高耸的怪石玩了，自己扮演女王给自己看。在冬天，活动室烧起旺旺的炉火，她们就围着炉火聊天。那是一个很大的铁炉子，和大人差不多高。炉子围了一圈木栅栏，以防我们小孩发生万一。我依然不午睡，而天气不允许我出去玩儿，只得听她们聊天。（如果在青春期，我胆子足够大，可能会骂她们是瞎 JB 聊天。我印象中她们一聊天就不一样了，会变成另一个样子，很轻浮。她们当着家长的面和当着我们的面也是不一样的。反正她们不喜欢我，我不喜欢她们。）我要是午睡的话，晚上就睡不着。晚上睡不着，鬼就会从黑暗里冒出来，令我打扰家人。父母无奈之下，专门为我彻夜亮起一盏十五瓦的灯泡，驱鬼。灯泡十分昏暗，可是毕竟有光。我望着灯泡，安静而孤独地等着睡眠的来临。那时候，妹妹还是婴儿，和父母睡在里面的大房间，我和哥哥睡在外面的小房间，我们是高低架子床。我在高兴或不高兴的时候，任意地选择睡在上面或下面。后来，妈妈给幼儿园的阿姨说，不要让她睡午觉，要不然她晚上睡不着。而我也自觉遵守着妈妈立的这个规矩，小朋友们吃完饭就去午睡，我会孤独地留下来。

下课以后，我自己回家。路上，总忍不住院办中心四周的诱惑，这边玩玩那边玩玩。我们放学前会发零食。唔，回忆起来，农科院的福利真好，给我们发苹果、蛋糕什么的。总之有两样，一样点心，一样水果。最差的，也是一个白馒头。几十年过去，现在贫困山区的孩子都没有达到这个标准。吃饱了，所以不饿，一路优哉游哉地玩着回家。

那个危楼禁地，也就是木楼，我进去过，不知道空置了多少年，什么都没有，只有厚厚的灰尘。有些地方的木头断裂了，有些被抽走了，空出一块光秃秃的地板，下面的泥土清晰可见。我还上了二楼，二楼更加危险，木地板裂缝巨大，又干又薄，好像随时会踩滑踩断踩空，掉到一楼去，砸出铺天盖地的灰尘。被缝隙切割的光影加重了神秘感，让人害怕，我心头一紧，脚步警惕地离开了。

我总是玩够了天快黑了才回家。妈妈有时候会问："又野到哪里去了？"或者根本不问。可能她太累了，也可能我太小，跑不出农科院的范围，不必担心。我也的确只在大晒坝这一圈玩。有时候反向绕圈，院办公楼的另一头是一小片野生的松树林，还连着一个大花园，种满了樱花。这里有点荒僻，花公公管理不过来，野草丛生，好像会有虫蛇出没，去得少。妈妈回忆我小时候在外面野回家了说有东西送给爸爸。爸爸问是什么，我说你张开手啊。爸爸张开手。我从紧紧捂着的荷包里小心翼翼地捉出一条蛇放在他的手心，他吓得连连甩手，大叫着妈妈，快点来，看看你家野蛮姑娘，蛮楚楚的。爸爸怕蛇。我什么时候开始怕蛇的，不记得了。

松树林外是医务室，我们都在这里看病打针。爸爸哄我，说打针不疼，我点点头，伸出手给医生，医生一扎，哇，疼啊，痛哭不止。下一回，爸爸又哄我，说打针不疼，我又点点头，又伸出手给医生，医生一扎，又哇哇大哭。爸爸说："丽丽比较呆，容易哄，不记得教训。"爸爸的意思是，他骗我打针很容易。后来呢，爸爸还是说，打针不疼。我点点头，医生一扎，我"哦"一声，不哭不闹——哎呀，这个人不怕打针了。可是再下一回，打屁股了，我趴在打针的床上大哭，反手捂住屁股不准打。

走出大晒坝，我突然什么都不留恋了，我开始着急了，要跑回家了。那开头去幼儿园的必经的小路，现在是回家的必经的小路了，它不是上坡了，是下坡了，我还是跑。我冲下山坡，速度飞快，好几次差点滚下来。我常常这么冲下山坡，导致我成年以后以为自己小腿粗壮就是这么跑出来的。有一天，路边长出一朵虞美人，红色的，在碧油的花生草中间孤零零地随风摇曳。我停下来看了看，想摘，可想到只有这么一朵，很可怜，没忍心，又接着继续跑。

晚上，我做梦了，梦见从幼儿园回家，木楼和灰楼间的路不通了，气氛昏暗，我不知所措地停在灰楼前。突然，有鬼从灰楼上的烟囱里冒出来，一个接着一个地冒。

记忆中，就是这么开始怕鬼的。梦中见了鬼，醒来还是怕，捂在被子里大气不敢出，捂得自己浑身热汗。妈妈叫我们起床，掀开我的被子，问："你是干吗？把自己捂成这个样子。"

看香港电影《画皮》，和哥哥去的，我被吓着了。哥哥回到家同以往一样安然入睡，而我躺在哥哥身后瑟瑟发抖。我隔一会儿摇醒哥哥，说怕。隔一会儿又摇醒哥哥，还是说怕。哥哥醒过来，迷迷糊糊地重复："那是电影，假的。世界上没有鬼的。"说完，又睡过去。可是没用啊，"世界上没有鬼"和"电影都是假的"，驱散不了我的恐惧。那是我第一次真正意义上的失眠吧，我小学四年级。

奶奶家是两层楼的楼房，晚上上楼去睡觉，需要经过室外天井的楼梯。我总是站在楼梯下喊小姑姑："姑姑，下来接我。"楼梯下藏得有鬼，我踩上去，它们会伸出手来抓我。躺下了，不好好睡觉，要说话，奶奶也吓唬我："睡觉就睡觉，不准讲话，要不然鬼要来抓的。"我浑身一抖，感觉每一道墙缝里、每一件家具后都藏了一只鬼。

不知道是先被吓过了怕鬼，还是先梦到了鬼，所以怕。

有一天，在杭州，我读《心经》，读到"远离颠倒梦想"，突然明白是自己心头颠倒，所以有鬼，怕鬼。如果不颠倒，就没有鬼，这才不怕了。不怕鬼以后，我夜间也敢大摇大摆走在灵隐寺附近的天竺路上了。

我已经要五十岁了，妈妈，时间一点用都没有。三十而立，四十不惑，五十知天命，那只是孔子个人的履历表，和别人无关啊！

2020.7.12

图书在版编目（CIP）数据

来处何处 / 吾空著. -- 北京：作家出版社，2020. 12
ISBN 978-7-5212-1140-5

Ⅰ. ①来… Ⅱ. ①吾… Ⅲ. ①长篇小说-中国-当代
Ⅳ. ①I247.5

中国版本图书馆CIP数据核字（2020）第196410号

来处何处

作　　者：吾　空
责任编辑：田一秀
装帧设计：芬　妮
出版发行：作家出版社有限公司
社　　址：北京农展馆南里10号　　　邮　　编：100125
电话传真：86-10-65067186（发行中心及邮购部）
　　　　　86-10-65004079（总编室）
E-mail:zuojia@zuojia.net.cn
http://www.zuojiachubanshe.com
印　　刷：天津中印联印务有限公司
成品尺寸：152×230
字　　数：153千
印　　张：13.5
版　　次：2020年10月第1版
印　　次：2020年10月第1次印刷
ISBN 978-7-5212-1140-5
定　　价：55.00元